HAYMON taschenbuch 155

FSC
www.fsc.org
MIX
Papier aus verantwortungsvollen Quellen
FSC® C017859

Auflage:
4 3 2 1
2017 2016 2015 2014

HAYMON tb 155

Originalausgabe

www.haymonverlag.at

ISBN 978-3-85218-955-0

Umschlag- und Buchgestaltung nach Entwürfen von hœretzeder grafische gestaltung, Scheffau/Tirol
Umschlag: Eisele Grafik·Design, München
Satz: Da TeX Gerd Blumenstein, Leipzig
Coverfoto: Bigstock/magann
Autorenfoto: Andrea Schütz

Gedruckt auf umweltfreundlichem,
chlor- und säurefrei gebleichtem Papier.

1

Wie ich an dem Morgen vor meiner Tür gestanden bin, der Himmel wie ausgewaschen war und die Tropfen an den Blättern hell gefunkelt haben, da war die Luft vom Schneeberg noch frisch von der Nacht und unten im Tal ist der Nebel gelegen wie eine dicke Daunendecke. Da hab ich es läuten hören, das Zinnglöckerl von der Kirche in Siebenstein. Gleich sechzig Mal. So oft muss es läuten, wenn ein Mannsbild gestorben ist. Und ich hab mich gewundert, weil ich von niemandem gehört gehabt hab, dass in Neiselbach wer krank gewesen wär. Und bei einem Unfall hätt ich in der Nacht die Gendarmerie und die Rettung fahren hören, weil ich wegen dem Röhren von den Hirschen die meiste Zeit wach gelegen bin.

Wenn der September zu Ende geht und der Vollmond die Nacht zum Tag macht, dann gibt es bei der Hirschbrunft kein Halten mehr. Grad, wenn es so ist wie in diesem Jahr. Die Tage sind am Anfang noch warm wie im Sommer, in der Nacht aber wird es auf einmal kalt wie Ende Oktober, und der Nebel verschluckt Wiesen und Bäume. Da fühlen die Hirschen sich am wohlsten. Sie stehen bei ihren weiblichen Tieren, bei ihrem Kahlwildrudel, und ein jeder röhrt ein paar Wochen lang die ganze Nacht, damit die anderen Hirschen wissen, dass das sein Territorium ist und dass das seine Hirschküh sind. Auch vor meinem Schlafzimmerfenster machen sie das und manchmal möcht ich ihnen am liebsten was rausschmeißen, so einen Wirbel machen die, aber eigentlich hab ich es auch ganz gern. Es ist halt was Besonderes, wenn es draußen so urig brüllt, weil man dann das ganze Jahr von den Hirschen nichts mehr hört und weil es den

Städtern beim Röhren in der Nacht ein wengerl die Haar aufstellt.

Ich hab also nicht gewusst, wegen wem das Zinnglöckerl geläutet hat, und fragen hab ich auch nicht gleich jemanden können. Telefonieren mag ich nämlich nicht besonders, und ich hätt sicher mehrere anrufen müssen, weil man beim ersten Mal oft keinen erwischt, der wirklich was weiß. Der Sohn und die Schwiegertochter waren auch nicht da, die sind ganz zeitig nach Wiener Neustadt hinausgefahren, dafür hab ich nicht wegkönnen. Ich hab keinen Führerschein, mich bringt sonst der Sohn. Zur Heidi zum Beispiel, Haare machen, aber auch, wenn es was Neues zum erfahren gibt. Und dass heute niemand auf einen Kaffee vorbeischauen wird, das hab ich gleich gewusst. Nicht an einem Freitag, wo ein jeder noch schaut, dass er seine Wochenarbeit unter Dach und Fach bringt. Aber ich hab fürs Tratschen sowieso wenig übrig, also hab ich mir gedacht, dass mir ja nichts weglaufen wird. Der Tote nicht und auch nicht die Neuigkeit, wer es denn ist.

Und genug zum tun gehabt hab ich auch grad. Der Sohn hat mir die Zwetschken von den Bäumen geholt gehabt und ewig kann man die nicht in Kübeln stehen lassen, da werden sie leicht faul. Entkernen hab ich sie wollen, halt die, die ich für die Küche gebraucht hab. Bei denen für den Schnaps hab ich auf die Hilfe von der Schwiegertochter gehofft, weil das allein sonst zu lang gedauert hätt. Zwetschkenmarmelade wollt ich machen, und auch einen Powidl, wir haben gar keinen mehr gehabt, und Buchteln oder Powidl-Tascherln isst der Sohn für sein Leben gern. Und weil das mit den Zwetschken viel weniger Pitzlerei ist als wie mit den Ribiseln, hab ich für die Schwiegertochter auch gleich welche entkernt. Die wollt nämlich was Neues ausprobieren, ich weiß schon wieder nicht, wie man das nennt, was Fremdländisches, ich glaub, was Englisches. Da kocht man die Zwetschken mit Ingwer und Zwiebeln, auch mit Essig dazu, und dann isst man das zum Fleisch und zum Käse. Ich brauch das ja nicht, ich ess zum Wild meine Preiselbeeren, und das war es dann schon. Und ich glaub, was Englisches zum essen braucht man erst gleich gar nicht ausprobieren. Was kann man da schon groß erwarten, wenn Leute zum Lammfleisch eine Minzmarmelade essen?

No, im Handumdrehen war ich mit dem Entkernen fertig. Bevor ich die Töpfe mit dem Obst und dem Zucker aufgesetzt hab, hab ich unsern Wolfi zu mir reingeholt. Das ist unser Hund, und ich mag das nicht, wenn er ganz alleine draußen vor der Tür sitzt. Da kommen oft Spaziergänger bei uns oben vorbei, grad am Freitag, und dann bellt er und die fürchten sich, weil er groß und dunkel ist. Bis jetzt hat er ja nichts getan, aber man kann nie wissen, was im Kopf von so einem Viecherl vor sich geht. Deswegen steht bei unserer Einfahrt ein Schild mit „Scharfer Hund", damit gleich alle Bescheid wissen. Und am liebsten sind mir die, die ihre eigenen Hund nicht an der Leine haben. Hier ist alles Jagdrevier, da kann man die nicht so einfach laufen lassen. Aber dann heißt es immer, der Ihrige tut nichts. Wer es glaubt, wird selig, sag ich dann immer, weil ich mich manchmal schon giften tu, wenn die Städter, grad die aus Wien, so tun, als ob ihnen hier draußen in Neiselbach alles gehören tät. Angefangen hat das, glaub ich, unterm Kreisky. Waldöffnung hat das geheißen. Da hat auf einmal jeder überall im Wald herumrennen dürfen. Und irgendwie haben die Städter nicht verstanden, dass der Wald trotzdem jemanden gehört. Das ist grad so, als wenn ich bei denen durch den Schrebergarten durchmarschieren würd. Und damit es draußen keinen Spektakel geben kann, hab ich den Wolfi reingeholt, weil wenn man die Töpfe einmal am Herd stehen hat, kann man sie nimmer alleine lassen. Da legt sich unten alles an und da könnt es schon passieren, dass man alles wegschmeißen muss. Die viele Arbeit ganz umsonst! Das Pflücken, das Entkernen und so. Bei sowas geh ich dann auch nicht in den Garten oder schau zu die Küh. Da muss man dabeibleiben. Aber einen Sessel hab ich mir zum Herd gestellt, weil wenn ich zu lang steh, merk ich das schon im Kreuz. Und die Krankenkassaschuh, die orthopädischen, die der Sohn mir in der Früh immer anzieht, die drücken dann schon auch ein bissel.

Wie ich grad mittendrinnen im Rühren war, hat der Wolfi angeschlagen. Dabei hab ich gar kein Auto kommen gehört. Und dann hat's an der Tür geklopft und ich hab laut rufen müssen, weil ich mich nicht von den Töpfen weggetraut hab. Der Alois war's, der alte Gärtner, der früher einmal im Herrenhaus nach dem Rechten geschaut hat. Jetzt macht er das nicht mehr, weil er nicht mehr der Jüngste ist und sich mit dem Rücken schwertut, so bucklig wie er ist. Außerdem gibt's im Herrenhaus so gut wie keine Herrschaft mehr. Einen Milchkaffee hat er sich halt selber nehmen müssen, es ist einer am Herd gestanden, und ein Stück vom Apfelstrudel hat er sich auch noch runtergeschnitten, ich hab es ihm ja vergönnt, aber antragen hab ich es ihm wegen dem Rühren nicht können. Manchmal schaut er einfach so vorbei, Zeit hat er ja jetzt mehr als genug und Kinder hat er auch keine, nur seinen Bernhardiner. Aber den lasst er immer zuhaus.

Im Herrenhaus ist nämlich nur mehr der Herr Johannes, der nach der Forstwirtschaft schaut, und manchmal seine Frau mit dem französischen Vornamen, die Schanätt, wenn es ihr grad in den Kram passt. Sein Bruder, der Herr Maximilian, und von dem die Frau sind mit ihren Kindern nach Wien. In die Politik wollt er dort gehen und nicht mehr hier im Gemeinderat bleiben, aber im Fernsehen hab ich von ihm noch nichts gesehen. Die kommen jetzt nur noch ganz selten zu uns nach Neiselbach heraus. No, nicht dass sie wem abgehen würden. Reisende soll man nicht aufhalten, hätt die Großmutter gesagt. Und die Frau Schalott und der Hubertus liegen ja am Friedhof in Siebenstein. Um das Grab kümmert sich die Frau Mizzi, ich sag Mizzi zu ihr, weil sie eine Cousine ist von mir, eine entfernte. Das ist aber nichts Besonderes, hier in Neiselbach sind alle mehr oder weniger miteinander verwandt. Und kümmern tut sie sich um das Grab, weil sie schon mit fünfzehn im Herrenhaus in Stellung gegangen ist. Eigene Kinder hat sie nicht, hat ja nie geheiratet, und der Hubertus, der war für sie ein bissel wie ein eigenes Kind. Aber das tut jetzt nichts zur Sache und ist eine traurige Geschichte. Ins Ausgedinge von ihrer Familie ist sie gezogen, in ihrer Wohnung im Herrenhaus hat sie nicht mehr bleiben wollen. Vor Jahren hab ich geglaubt, aus der Mizzi und dem Alois könnt was werden, aber da ist nichts passiert und unlängst hab ich lachen müssen, weil mir eingefallen ist, dass sie ja jetzt zusammenkommen könnten, so alleine wie jeder von den beiden in seinem eigenen kleinen Häusel wohnt.

Der Alois hat es sich also schmecken lassen, aber nur wegen einer Mehlspeise ist er nicht gekommen, das hab ich mir gleich gedacht. Er hat zwar im Herrenhaus nichts mehr machen müssen, aber dafür hat er vom Goldbacher-Severin ein Ausgehrecht bekommen. Das heißt, dass er so viel in den Wald gehen kann, wie er will, und halt schauen muss, dass nicht zu viele Füchse aufkommen. Die muss er schießen, manchmal auch einen Dachs. Die Katzen will er lieber in Ruh lassen, hat er mir einmal gesagt, das macht nur böses Blut, wenn man die schlecht erwischt und sie sich noch bis zu ihrem Bauernhof schleppen. Und dann war es immer das Lieblingskatzerl von der ganzen Familie, hat er gesagt, das würd er schon kennen. Aber eigentlich waren es die Katzen, die ihm leidgetan haben, und nicht die Leut, auch wenn sie ganz große Räuber sind. Kein Rebhendl und auch kein Hase ist vor denen sicher. Von denen haben wir aber eh fast keine im Revier.

Verschmitzt dreingeschaut hat er, der Alois, wie er den letzten Bissen in den Mund geschoben gehabt hat und sich mit dem Handrücken über den Mund gefahren ist. Ich hab ihm schon eine Serviette hingelegt, aber der Alois hat in seinem Leben noch keine gebraucht. Darauf bildet sich das Mannsbild auch noch was ein. Watschen und Geschmäcker sind allweil verschieden, hätt die Großmutter gesagt.

Hast es gehört heut früh?, hat er dann gefragt und ich hab vor lauter Rühren im Moment nicht mehr gewusst, wovon er spricht. Der Powidl war schon fast fertig, das war mir im Moment wichtiger als wie so eine Neuigkeit. Von Tratscherei halt ich ja rein gar nichts, davon leben kann man auch nicht, und außerdem haben mir die Füß schon ganz schön wehgetan.

No, was denn, hab ich gesagt und überlegt, ob ich genug Glasln zum Powidleinfüllen hergerichtet hab.

Das Zinnglöckerl, hat er da gesagt.

Da hab ich kurz aufs Rühren vergessen.

Was hast denn du damit zum tun?, hab ich da wissen wollen, weil ich schon gesehen hab, dass er sich bitten lassen möcht. Manchmal ist er ein wengerl ein

Heimlicher, dem man die Würmer aus der Nase ziehen muss. Und weil es mich so überrascht hat, hab ich zuerst gar nicht gefragt, wer es denn gewesen ist, wegen dem das Glöckerl geläutet hat.

Oben in Siebenstein bei unserem jungen, neuen Herrn Pfarrer ist er gewesen, schauen, dass alles seine Ordnung hat. Als ob der Alois da der Richtige wär, wo der nie auf Grabpflege schaut, auch nicht auf die von seiner Familie. Das macht die Mizzi in einem Aufwaschen gleich für ihn mit. Und beim Gottesdienst hat er noch nie die Sakristei aufgesperrt oder das Weihwasser nachgefüllt oder gar eine Fürbitte vorgelesen. Also: Schauen, dass da oben beim Herrn Pfarrer alles seine Richtigkeit hat, dazu war der Alois der Falsche. Auch wenn der neue Herr Pfarrer ein junger ist – der alte Herr Pfarrer ist ja die Treppen von der Kanzel heruntergefallen und es schaut nicht so aus, als würd er sich wirklich ganz erholen –, der junge weiß schon, was er zum tun hat. Da braucht man sich, glaub ich, nicht sorgen, auch wenn sich manche wieder wichtigmachen.

Und was genau willst du da geschaut haben?, hab ich den Alois gefragt.

Und weil ich mir gedacht hab, dass der Alois noch eine hübsche Weile da bleiben wird, hab ich ihm gleich angeschafft, dass er mir die Nüsse knackt. Die haben der Sohn und die Schwiegertochter in den letzten Tagen schon aufgeklaubt gehabt, und wenn der Alois da sitzt und plaudert, kann er sich auch gleich nützlich machen, hab ich mir gedacht. Sich regen bringt Segen, hat die Großmutter immer gesagt, und ich hab ja den Powidl in die Gläser abfüllen müssen.

Dass der Herr Pfarrer das Zinnglöckerl auch wirklich sechzig Mal läutet, wenn ich vorbeischau und ihm sag, dass wer tot ist, hat er da gesagt.

No, wer ist denn gestorben, hab ich da den Alois extra gefragt, weil es ihm so eine Freud gemacht hat, dass ich nichts weiß. Da hat er sich erst recht so richtig schön bitten lassen.

Der Goldbacher-Leonhard, hat er dann gesagt, die Mundwinkel runtergezogen und mit dem Jagerhut genickt. Der Alois nimmt seinen Hut nie ab.

Da war ich froh, dass ich mit dem Abfüllen schon fertig war, weil ich mir sonst vielleicht vor lauter Schrecken den Powidl über die Hand gegossen hätt.

Marantana, hab ich gerufen, weil ich das immer ruf, wenn ich mich zu Tod erschreck, und bekreuzigt hab ich mich.

Der Goldbacher-Leonhard! Keine fünfzig ist der also geworden. Was ich mich erinnert hab, war er lächerliche fünfundvierzig, und dabei werden bei uns hier in Neiselbach die meisten leicht über neunzig. Leicht hat er es nie gehabt im Leben, dabei ist der Vater, der Goldbacher-Severin, der größte Bauer hier im Tal, viel Vieh und noch mehr Wald. Wenn der den Wald durchforstet, steht die Säge eine Ewigkeit nicht mehr still. Schon unterm Großvater und unterm Urgroßvater, ja überhaupt seit man denken kann, war das immer der größte Hof weit und breit. Der schönste nicht, weil schon eine Weile keine Frauenzimmer mehr da leben. Welche, die was zum sagen gehabt hätten. Eine alte Cousine vom Vater schon, die Burgi, aber die ist an die neunzig und der Altbauer will nicht, dass sie eigene Ideen hat. Ich glaub, wenn die mit einem Blumenbeet daherkommen würd, gäb es einen Streit. Ich hab ja lange Zeit gedacht, dass der Leonhard gar nicht in Neiselbach bleiben, sondern hinausgehen würd in die weite Welt und dort was werden. Einer, der alte Gräber in Ägypten entdeckt, wie man das im Fernsehen sieht, oder Doktor wird und nach Afrika geht, das hab ich mir vorgestellt. Der war immer so ein interessierter junger Bursch. Und ein ganz ein Fescher, mit pechschwarze Haar und grüne Augen. Ich glaub, der hätt das Zeug gehabt zum Studieren. Nicht dass er für das Leben hier ungeschickt gewesen wär, aber bei dem Talent war es doch ein bissel schad. Ich glaub ja, dass ihm damals die Liebe dazwischen gekommen ist und dass er deshalb die Pläne, die er vielleicht gehabt hat, aufgegeben hat. Schön war sie ja, seine Braut, sogar sehr schön, und nicht von hier. Er hat halt viel zu jung geheiratet, grad zwanzig ist er gewesen. Sie auch, hat es damals geheißen. Dabei hat das gar nicht gestimmt. Vier Jahr älter als wie er war sie, die Papiere für die Trauung hat sie gefälscht gehabt. Aber das haben wir erst später erfahren, und da war es auch schon wurst. Eine große Hochzeit hat der Goldbacher-Severin seinem Buben ausgerichtet, da hat er sich nicht lumpen lassen. Um fünf Uhr in der Früh ist's schon mit dem Brautaufwecken losgegangen, da sind unsere Burschen zum Gasthaus, wo die Braut geschlafen hat, weil sie ja hier kein Elternhaus gehabt hat, und haben zum Schießen angefangen. So vertreibt man bei uns die bösen Geister und ein neues Leben soll anfangen. Das mit den bösen Geistern ist aber nichts geworden, wie wir dann noch gesehen haben.

Alle waren wir eingeladen und nur das Beste vom Besten ist aufgetragen worden. Da hat nichts gefehlt! Und die Trauung war ergreifend, der Herr Pfarrer, unser alter, hat so schön gepredigt und viel gesungen ist worden. Schön war die Braut, richtig lieblich! Der einzige Wehmutstropfen war, dass die Brauteltern nicht dabei gewesen sind. Und auch die Frau vom Goldbacher-Severin, die Mutter vom Leonhard, die's auf der Brust gehabt hat und jung von uns gegangen ist, war nicht da. Die Brauteltern waren auch schon tot, hat der Goldbacher-Severin bei seiner Rede im Wirtshaus gesagt. Bei einem Verkehrsunfall verstorben. Da waren dann alle ergriffen und die Braut hat kurz ein Taschentuch an ihre Nase gedrückt. Aber dann ist es wieder lustig weitergegangen und die Freund vom Leonhard sind auch noch gekommen, alle verkleidet und mit Masken. Das war die Maschkerade, und die haben lustige Geschichten aus dem Leben vom Bräutigam vorgespielt, was ihm halt so alles passiert ist in seine zwanzig Jahr. Von der Braut hat keiner was vorgespielt, die war ja auch nicht von da, da hat keiner Geschichten gewusst. Und dann sind die von der Maschkerade gleich zum Essen dageblieben, das ist bei uns so Brauch. Viel hat es zum essen gegeben und nur das Beste, vor dem Kaffee hat schon die Musi angefangen zum spielen, einige sind aufgesprungen und haben gleich einen Boarischen getanzt. Und gegen Abend haben sie dann auch noch die Braut entführt, das gehört bei uns dazu. In Neiselbach ist es aber nicht schwer, die Braut wiederzufinden, hier gibt es nur drei Gasthäuser, wo man sie auslösen kann. Weiter weg wird nicht gefahren, sonst kann es leicht einen Unfrieden geben, wenn die Entführung zu lang dauert.

Und deswegen hat der Leonhard nicht mehr studieren wollen und auch nicht können. Weil der Vater, der Goldbacher-Severin, gesagt hat, das geht nicht, zuhaus die Frau sitzen haben und nach Wien auf die Universität gehen die nächsten Jahr. Und dass es am Hof genug Arbeit geben würd, und so Gott will würden bald Kinder kommen. Also, zu was braucht man dann ein Studium. Damals, glaub ich, hat das den Leonhard nicht gestört. Er hat ja schon immer gern im Wald gearbeitet und auf die Jagd ist er schon als Bub mit seinem Großvater und auch mit dem Severin. Also war alles, wie man so schön sagt, in der besten Ordnung. Ich hab mich dann auch nicht weiter drum gekümmert, da heiratet einer, man wünscht ihm alles Gute und dann muss es auch schon wieder gut sein. In der Kirche trifft man sich – wenn die Jungen denn überhaupt hingehen, das ist ja nicht mehr so, wie es früher einmal war –, und man denkt sich gar nichts dabei, bis ein paar Jahre dahin sind und man sich plötzlich fragt, wo denn die Kinder bleiben. Die Nachkommenschaft. Auf einem Bauernhof ist das schon wichtig, sonst geht das alles nimmer weiter, und grad bei so einem großen Hof, den es schon seit Jahr und Tag gibt, ist das was Trauriges.

Bei uns in Neiselbach gibt es keine Geheimnisse. Und wenn man welche hat, dauert es nicht lang, bis es keine mehr sind. Aber ein Geheimnis in Neiselbach kann auch etwas sein, was man weiß, worüber man aber nicht spricht. Schindeln am Dach, hat die Großmutter immer gesagt, wenn sie nicht wollen hat, dass von unsere Leut was nach draußen dringt. Da hat man niemandem erzählen dürfen, was im Haus passiert ist, wenn es einen Streit gegeben hat oder sonst was. Und vielleicht hat das damit zum tun, dass hier beim Schneeberg, und grad hier bei uns in Neiselbach, die Schindelmacher zuhause waren. Das sind die, die früher einmal die Holzschindeln gemacht haben, mit denen man die Dächer der Häuser gedeckt hat. Wenn alles gedeckt ist, dann dringt nichts hinein, aber auch nichts mehr heraus. Und davon, so denk ich mir, wird das wohl kommen.

Erzählen tu ich das jetzt, weil ich erst viel später gemerkt hab, dass was mit der Ehe nicht stimmen hat können. Schindeln am Dach, wird der alte Goldbacher-

Severin bei sich am Hof den Jungen gesagt haben. Aber da hat schon keiner mehr gefragt, wann denn endlich Kinder kommen werden. Bei einer ganz jungen Ehe tut man das, obwohl es nicht immer eine gute Idee ist und eigentlich ein wengerl neugierig. Das kann schon auch schiach sein, weil es ja Leut gibt, die keine Kinder kriegen können. Denen tut so eine Frage dann doppelt weh. Mal liegt es an ihr, mal liegt es an ihm. Obwohl die Mannsbilder oft keine Lust haben, das bei sich überprüfen zu lassen, vom Arzt, mein ich. Auch wenn das jetzt bei den Jungen auch schon besser wird. Aber ich glaub nicht, dass das Keine-Kinder-haben-oder-kriegen-Können das größte Problem gewesen ist. Da muss noch etliches anderes nicht so gewesen sein, wie es hat sollen. Und eines Tages war die junge Frau fort. Fort vom Hof und fort aus Neiselbach. Wohin, hat man nicht gewusst, oder der Leonhard und der Goldbacher-Severin haben es einfach nicht sagen wollen. Nur einmal noch hat der Severin was über die junge Frau gesagt. Dass das alles erstunken und erlogen gewesen ist, das mit den toten Brauteltern, weil die noch am Leben wären, in der südlichen Steiermark, fast schon Slowenen halt. Und vielleicht waren die der Jungen nicht fein genug, wie sie nach Wien gekommen ist. Aber hier in Neiselbach hätt sie es schon sagen können, weil wir hier am Land sind doch nicht so hopertatschig. Eine Hübsche war sie ja, und wenn sie noch eine Tüchtige gewesen wär, dann hätt das schon gelangt. Und das mit den Kindern, meine Herren, da hätt man doch drüber reden können. Da hätt es vielleicht die eine oder andere Lösung gegeben. Aber manchmal denk ich mir auch, sie hat vielleicht gar keine haben wollen, Kinder nämlich, so etwas gibt es ja auch. Darüber hätt der Goldbacher-Severin nie was gesagt. Aber über die Brauteltern schon, weil er die Lüge nicht hat stehen lassen wollen, die er selber an der Hochzeitstafel erzählt hat. Auch wenn er nichts dafür können hat, er hat ja nur das gesagt, was die junge Frau ihm gesagt hat. Und der Leonhard war von da an auch ein wengerl ein anderer. Ernster, nicht mehr so offen. Reden hat er gar nicht mehr wollen, über gar nichts. Ich glaub, das war ihm zu blöd, dass er auf so jemanden reingefallen ist. Und vielleicht hat er sich gedacht, dass sein ganzes Leben anders gelaufen wär, wär ihm diese Frau nicht über den Weg gelaufen.

Also sind die beiden Mannsbilder dann allein auf dem Hof geblieben, nur die ältere Cousine hat der Goldbacher-Severin noch kommen lassen, damit die ein bissel auf die Wäsche schaut und ihnen was kocht. Rüstig ist die ja noch, auch wenn sie ein wengerl schlecht hört, und außerdem ist sie für die Spinnereien vom Goldbacher-Severin zum haben. Ich glaub nicht, dass das eine jede mitmachen würd, dem seine Leidenschaft für das Federvieh. Alles was fliegen und was man essen kann, holt er mit seiner Flinte vom Himmel, und die Cousine sitzt dann im Schupfen und rupft das Federvieh stundenlang. Sogar Krähen hat er schon immer geschossen, weil ihm eine Krähensuppe so gut schmeckt. Manchmal frag ich mich halt schon, wie lang die Cousine das noch machen wird können. Wenn es ihr dann zu viel wird, könnt man immer noch mit der Mizzi reden, ob die vielleicht Zeit und Lust zum Helfen hätt.

Ich hab gar nicht gewusst, dass der Leonhard krank war, hab ich gesagt, den Kopf geschüttelt und die Nussschalen mit der Hand vom Tisch gewischt.

Das war er auch nicht. Im Wald ist er gelegen, gleich oben am Schlag bei der Hirschfütterung, hat der Alois gesagt und mit den Nüssen geknackt.

Hat der dort leicht einen Unfall gehabt?, wollt ich da wissen.

Ich hab ja gewusst, was der Leonhard dort wollen hat. Nichts schießen, weil man bei einer Fütterung nichts schießt, das hat er immer gesagt. Aber einen Haufen Rüben hat er um die Jahreszeit dort ausgebracht und dann hat er sich immer auf den Hochstand gesetzt. Einfach nur schauen, wie viele Hirsche und Hirschtiere mit ihren Kälbern unterwegs sind.

Da hab ich dann auch wissen wollen, ob er leicht einen Unfall mit seinem Gewehr gehabt hat, das hätt mich gewundert, weil er in der Brunft doch eben überhaupt keinen Hirsch mehr hat schießen wollen.

Nein, hat der Alois gesagt, weil ein Brunfthirsch sowieso nicht zum Essen ist und man den nur einem Wildbrethändler oder einem Wirtshaus verkaufen kann. Das zahlt sich bei den Wildpreisen überhaupt nicht mehr aus, so niedrig, wie die jetzt sind. Und keiner, der was von Wild versteht, möchte jemals einen Brunfthirsch essen, so wie der stinkt. Einen Hirsch kann man in der Zeit nur wegen der Trophäe, dem Geweih halt, schießen, und der Leonhard hat in dem Jahr keinen passenden Hirschen zum Abschuss frei gehabt, weil der, der ihm vielleicht gefallen hätt, ein Vierzehnender, war für einen Abschuss noch viel zu jung.

Aber im Dorf hat man gemunkelt, dass ein anderer auf den Hirschen spitzt, hat der Alois gesagt und mit dem Jagerhut genickt.

Wer denn das leicht sein soll, wollt ich da wissen, aber der Alois hat nur ein wichtiges Gesicht gezogen, manchmal ist er wirklich ein Heimlicher, ich sag's ja.

Heißt das jetzt, dass der Leonhard den anderen dort bei der Fütterung abpassen hätt wollen? Und dann hat er einen Herzkasperl gekriegt, wie er gesehen hat, wer da in aller Herrgottsfrüh dahergekommen ist?, hab ich so vor mich hin spekuliert.

Wie kommst denn jetzt auf Herzkasperl?, hat der Alois wissen wollen. Der andere hat den Leonhard abgepasst und ihm gleich mitten ins Herz geschossen.

2

Golden war das Licht gewesen, in den ersten Septemberwochen in Wien, und der Himmel von wehmütigem Blau. So war es Patrick Sandor vorgekommen.

An diesem Freitag Ende des Monats war davon keine Rede mehr. Die Stadt war in taubengrauen Nebel getaucht, die mächtige Kuppel der Karlskirche nur noch zu erahnen, buntes Laub klebte am Trottoir. Sandor vergrub die Hände in den Taschen seines dunkelblauen Kaschmirmantels, die Parkbank im Resselpark, auf der er Platz genommen hatte, verließ er nicht, obwohl es unbehaglich feucht geworden war.

Schon zum dritten Mal schob ein Obdachloser im langen Fischgrätmantel und mit roter Wollmütze seinen mit Plastiksäcken gefüllten Einkaufswagen an ihm vorüber und musterte ihn neugierig. Dass so ein eleganter Herr bei dieser Witterung nicht den Weg nach Hause oder zumindest in geschlossene Räume fand, schien ihn zu erstaunen. Sonst ruhten sich bei so einem Wetter nur Gleichgesinnte im Freien aus oder packten ihre Habseligkeiten von einer Tasche in die andere. Aber ein Mann in grauem Anzug und Gilet, der bordeauxfarbene Krawatte und Stecktuch trug, war ihm hier noch nicht untergekommen.

Der ist was Besseres, das sieht man gleich, hatte der Obdachlose schon bei der U-Bahn-Station Karlsplatz gedacht. Er hatte die Maßschuhe erkannt, schließlich war er nicht als Obdachloser auf die Welt gekommen. Dass die Schuhe nicht bei jedem Schritt klirrten, hatte ihn überrascht. Es kam schon vor, dass gewisse Herren auf nicht Maßgeschneidertes Metallplättchen nageln ließen. Dass Sandor das Geklirre ordinär fand und seinem Schuster ein Aufnageln ausdrücklich verboten hatte, konnte der Obdachlose nicht ahnen. Aber es hatte genügt, um Sandor ein wenig nachzugehen – er hatte heute nichts Besonderes vor.

Es klingelte. Patrick Sandor zog die Hand aus der Manteltasche und hielt ein Handy an sein Ohr. Der Obdachlose ließ sich ein paar Meter weiter auf einer Bank nieder.

„Im Resselpark", sagte Sandor nach einer Weile.

„Ich sitz da und denk nach", fügte er später noch hinzu, klappte das Handy zu und schob es wieder in die Manteltasche.

So konnte man es sehen, aber es stimmte nur zum Teil. Doch Sandor war außerstande, seinem Müller Aufschlussreicheres anzubieten, wusste er doch selbst nicht, wie ihm war. Auslöser war die junge Person gewesen, die heute zum Verhör erschienen war. Laut, derb, der Nabel frei, die Träger des Büstenhalters nicht verrutscht, sondern nach gängiger Mode unter der Bluse hervorgeschoben. Pöbelhaftigkeiten. Sie war das berühmte Tröpfchen gewesen, das das Fass zum Überlaufen gebracht hatte. Denn schon seit einer geraumen Weile fühlte Patrick Sandor sich nicht mehr wohl. Er war während des Verhörs aufgestanden, aus dem Verhörraum gegangen und nicht mehr zurückgekehrt. Das hatte er gar nicht vorgehabt.

Wann das begonnen hatte, konnte er nicht sagen. Dass er sich in der Tat die Frage stellte, ob seine Eltern damals nicht doch Recht gehabt hatten. Vor Wochen, vor Monaten? Er war im tiefsten Burgenland groß geworden, in einem Riesenkasten, den manche als Schloss bezeichneten, womit er und seine vier Geschwister allerdings wenig anzufangen wussten. Denn aus pekuniären Gründen hatte man nur den Salon heizen können, die anderen Räume betrat man lediglich in der warmen Jahreszeit. In dem kleinen Ort war er in die Volksschule gegangen, für den Besuch des Gymnasiums hatte man ihn dann nach Wien ins Internat geschickt. Die Großmama hatte zwar an der Ringstraße in Wien gelebt, aber ihr so peu à peu fünf Kinder für Kost, Logis und Aufsicht zu schicken, sei ein Ding der Unmöglichkeit gewesen. Sonntägliche Besuche und Ausfahrten waren jedoch das Übliche gewesen. Und manchmal, wenn während der Woche ein Nachmittag frei war, ging man zum Demel auf ein Gefrorenes. Das waren jene Nachmittage, an denen Großmama, die auf Savoir-vivre großen Wert legte, dazu anhielt, Kondolenzschreiben zu entwerfen, weil diese bekanntlich schwer zu verfassen sind. Unwillkürlich musste Patrick lächeln. Die Aufgabenstellung war immer ähnlich gewesen: Tante Sophie ist gestorben, verfasse ein Kondolenzschreiben an Onkel Eduard. Zuerst ging man auf das Naheverhältnis des Adressierten zum Verstorbenen ein, erwähnte, wann man ihn zuletzt gesehen, sprach sodann tröstende Worte, würdigte Leben und Charakter, bekundete sein Beileid und empfahl sich mit Grüßen. Noch im Schlaf würde Patrick ein solches Schreiben entwerfen können.

Damals aß man nicht auf der Straße oder in der Straßenbahn und lief nicht mit einer Flasche herum, die man unentwegt an die Lippen setzte. Man machte einen Diener oder einen Knicks und sagte „Küss die Hand“.

Wollte man etwas trinken oder eine Kleinigkeit speisen, ging man ins Café. Er hatte sie alle gekannt, den Lehmann, den Heiner, das Museum und noch etliche mehr. Am Graben hatte man das Café Lehmann unterdessen für immer geschlossen – jetzt konnte man dort Schuhe kaufen. Und das Café Museum hatte man von Zottis gemütlicher Inneneinrichtung auf spartanische Ausstattung von Adolf Loos umgestaltet. Den erneuten Umbau, nun wieder zurück zu Zotti, wollte Patrick Sandor nicht mehr sehen.

Diese Welt, die Welt seiner Kindheit, schien nun für alle Zeiten verloren – und glücklich machte ihn das nicht. Damals verließen Damen nicht ohne Handschuhe das Haus und nahmen im Restaurant den Hut nicht ab. Von Unterwäsche sah man öffentlich nichts, keine Boxershorts, die aus dem Hosenbund herauslugten, keine Büstenhalterträger, die man ganz selbstverständlich zur Schau trug.

„Damals war man elegant", sagte Patrick Sandor laut. Der Obdachlose nickte zustimmend.

Und dann, dann hatte er Jura studiert und seinen Eltern zu der berechtigten Hoffnung Anlass gegeben, ihn als Absolvent der Diplomatischen Akademie beglückwünschen zu dürfen. In den diplomatischen Dienst zu gehen, schien ihnen das höchste Glück und der Familie konvenierend. Er jedoch hatte sich eingebildet, mit seinem Doktorat zu den Proleten gehen zu müssen, zur Polizei, um dort mordenden Proleten nachzujagen – denn nur solche Leute waren zu so etwas fähig, davon war man in seiner Familie restlos überzeugt. Dies hatte man die letzten Jahre in seinem Elternhaus jedem erzählt, der es wissen wollte. Vor wenigen Monaten jedoch waren die Eltern entzückt gewesen: Man hatte ihn zum Sektionschef ernannt. Herr Sektionschef Doktor Patrick Sandor. Von da an hatte er sich unbehaglich gefühlt, das fiel ihm jetzt erst auf.

„Wollen Sie wirklich noch länger hier sitzen bleiben?", fragte ein rundlicher Mann mit rotblondem Schnurrbart in Lederjacke, der bei Sandors Bank stehen geblieben war.

„Wen soll das stören, wenn der Herr hier sitzt, Herr Kriminalinspektor?“, echauffierte sich der Obdachlose und stand auf. Den Herrn von der Polizei hatte er mit dem Instinkt des Straßenflaneurs sofort erkannt.

„Passt schon, das ist mein Chef“, sagte Kriminalinspektor Müller und setzte sich neben Patrick Sandor auf die feucht-braunen Latten der Bank. Der Obdachlose hob entschuldigend die Hand und ließ sich wieder nieder.

„Früher hat man sich nicht für den Nabel der Welt gehalten“, sagte Patrick Sandor und versuchte, sein feuchtes Stecktuch in der Brusttasche neu zu arrangieren. Der Obdachlose stützte den linken Arm auf den Einkaufswagen und legte in die Handfläche sein Kinn. Es war im Resselpark schon lange nicht mehr so interessant gewesen.

3

So ist er dort gelegen, hat der Alois gesagt und die Arme von sich gestreckt. Das Fernglasl hat er noch um den Hals hängen gehabt, den Pirschstecken in der rechten Hand, und auf seinem Gewehr ist er halb draufgelegen.

Na, wenn auf den Leonhard geschossen worden ist, dann kann es doch nur ein Jager gewesen sein, hab ich da gerufen. Da war der Alois wieder einmal eingeschnappt. Wieso soll das ein Jager gewesen sein, immer soll das ein Jager gewesen sein, wenn es einmal Ärger gibt, hat er sich aufgemandelt.

Ganz Unrecht hat der Alois ja nicht, auf die Jäger sind die wenigsten gut zum sprechen. Die sehen halt immer nur einen, der in den Wald geht und auf ein armes Viecherl schießt, so stellen sie sich das vor. Dass dieses arme Viecherl bis zu seinem Ende fressen kann, was es will und wo es will, dass es den Schuss schon gar nicht mehr hört, das will keiner sehen. Ganz anders als wie die Schweine und Kühe, die werden oft nur im Stall gehalten und dann weiß der Himmel von wo nach wo im LKW geführt. Aber Hauptsache, das Stück Fleisch liegt abgepackt im Supermarkt. Es stimmt schon, dass es solche und solchene gibt, überall, auch bei den Jägern. Wieso soll denn das bei denen anders sein? Aber bei uns heraußen haben wir keine Sonntagsjäger, sondern nur solche, die mit der Jagd aufgewachsen sind. Die kennen ihr Wild, die wissen, ob kranke Stücke drunter sind, die wissen, wie alt die Tiere sind, und den ganzen Winter gehen sie jeden Tag füttern.

Geh, ich bitt dich Alois, sei doch nicht kindisch, hab ich da gesagt. Wer außer einem Jäger hat denn sonst noch ein Gewehr bei sich zuhause herumstehen, das kann doch keiner brauchen, wenn er nicht jagern geht.

Das liest man eh dauernd in der Zeitung, dass was passiert mit Pistolen, nur nehmen die nicht so viel Platz ein, die kann man leichter verstecken. Weil wenn man heutzutage eine Überprüfung hat, gibt es gleich ein Gfrett, wenn so eine große Waffe herumsteht, die jeder leicht finden kann.

Die geknackten Nüsse vom Alois hab ich in Gefriersackerln gefüllt, fünf Sackerln sind es geworden, so fleißig ist er gewesen. Die Gläser mit dem Powidl hab ich zum Auskühlen auf die Kredenz gestellt.

Und dann hab ich wissen wollen, wie spät es denn eigentlich war, wie der Alois den Leonhard gefunden hat, weil das Zinnglöckerl in der Früh ja schon hübsch zeitig geläutet gehabt hat, und man von da oben bei der Hirschfütterung ja auch eine ganze Weile braucht, bis man nach Siebenstein hinunterkommt. Sogar, wenn man das Auto irgendwo auf der Forststraße abgestellt hat und nicht bei sich zuhaus, weil überall kann man mit dem Auto in einem Revier ja nicht hin. Derweil hab ich die Zwetschken für die Marmelade in den Topf gegeben und den Gelierzucker obendrauf, gut mischen wollt ich alles, bevor es ans Kochen geht, da brennt es dann nicht so leicht an.

Genau hat der Alois das aber gar nicht mehr gewusst, ob das jetzt halb sechs oder sechs gewesen ist oder vielleicht noch ein bissel früher.

Was hast denn du eigentlich um die Zeit dort oben bei der Hirschfütterung wollen, hab ich den Alois dann aber schon gefragt, weil man während der Hirschbrunft nicht unnötig im Revier herumrennt. Grad deswegen hab ich mir nicht vorstellen können, dass er um die Uhrzeit schon in den Wald geht, nur zum schauen, ob er einen Fuchs erwischt.

Also ich war es nicht!, hat der Alois gleich geplärrt.

Da hab ich ihn fragen müssen, ob er glaubt, dass ich fünf Jahr alt bin. Da hätt er ja nicht zum Herrn Pfarrer laufen brauchen, sondern sich einfach nur nach Hause schleichen, weil er ja alleine wohnt und dort in der Zwischenzeit nicht einmal jemandem abgegangen wär. Ich hab mir das Ganze halt richtig vorstellen wollen. Er da oben im Wald, gleich in der Nähe von der Fütterung, und grad da wird einer erschossen. Vielleicht hat er ja den tödlichen Schuss gehört, wenn er schon dort oben gewesen ist. Wenn der Wind im Tal passt, kann man so einen Schuss sogar von ganz weit weg hören – und er war praktisch um die Ecke.

Nachschauen hat der Alois wollen, ob der Nachbar, der Zwerschina-Karl, der schon die längste Zeit gegen die Hirschfütterung ist, vielleicht was angestellt hat, Futterkisten umgetreten oder so Blödheiten. Weil der Leonhard eigentlich mit den Gräflichen bei der Hirschjagd hätt sein sollen, als Pirschführer. Dabei war er dann doch in seinem Revier, wahrscheinlich hat er die gleiche Idee gehabt wie der Alois. Und Schuss, ja Schuss hätt er schon gehört, der Alois, und zwar gleich zwei. Und einer davon war vielleicht der tödliche, das könnt schon sein. Und der andere Schuss, das war vielleicht ein erster Schuss, der den Leonhard gar nicht getroffen hat. Oder aber es war ein anderer Jäger im Tal, der auf ein Wild geschossen hat. Umhören würd er sich, ob beim Fleischhauer am Vormittag ein Wild abgegeben worden ist, es haben nur zwei von den Jägern in Neiselbach eine Kühlkammer und dafür, dass man übers Wochenende ein Stück Wild bei sich zuhaus hängen lassen könnt, war es noch immer nicht kalt genug.

Da hat sich der Alois wieder einen Milchkaffee genommen und noch ein Stückel Apfelstrudel, weil ich schon wieder nicht weg hab können vom Topf.

Und weil ihm ein bissel fad war, hat er die restlichen Zwetschken zum entkernen angefangen.

Schön geschaut hat er, der Herr Pfarrer, hat er dann gesagt und mit seinem Jagerhut genickt, wie er ihm gesagt hat, dass da einer derschossen im Wald liegt und er das Glöckerl läuten muss. Als möcht er es nicht glauben können, als hätt der Alois noch einen Rausch vom Vortag und wüsst nicht, was er so daherredet. Der Herr Pfarrer wird sich vielleicht gedacht haben, dass er in eine ganz ruhige Gegend gekommen ist, wo nie was los ist – und dann das. Da kann man sich schon schrecken.

Da hab ich wissen wollen, ob der Alois auch gleich zum Goldbacher-Severin gefahren ist, dem sagen, dass man seinen einzigen Buben erschossen hat. Der Alois hat dazu nur den Kopf geschüttelt, gesagt hat er nichts.

Ja, weiß er es denn schon?, hab ich da gefragt. Am liebsten hätt ich mich gleich hingesetzt, weil mir die Füß in den Krankenkassaschuhen jetzt schon sehr wehgetan haben, und wie der Alois nur die Schultern geschupft hat, hab ich mich wirklich geschreckt. Zeig mir was Depperteres als wie ein Mannsbild, hat die Großmutter oft geschimpft, wenn mit die Mannsleut wieder ein Theater war.

Heißt das jetzt, dass der Goldbacher-Severin von seinem toten Buben vielleicht noch gar nichts weiß?, hab ich da den Alois ein wengerl angefahren.

Wenn es der Herr Pfarrer ihm nicht erzählt hat, oder jemand anderer, der das vom Pfarrer erfahren hat, dann könnt das schon so sein, dass der Goldbacher-Severin noch nichts weiß, hat der Alois ein wengerl umständlich gesagt und nur mehr die Zwetschken angeschaut.

Nicht nur, dass ich das Telefonieren nicht mag, so was sagt man auch nicht am Telefon, hab ich mir gedacht. Wie schaut denn das aus, wenn man bei jemandem anruft und fragt, ob er denn schon weiß, dass ein Angehöriger gestorben ist. Überhaupt, wenn es der eigene Bub ist.

Habt ihr denn wenigstens den Singer-Simon angerufen, hab ich dann gefragt, weil der Simon ein Gendarm ist, unser Revierinspektor nämlich. Er ist für die ganzen Verkehrsunfälle zuständig, also auch für solche Tote. Die Straße von Wiener Neustadt durchs Piestingtal zu uns heraus, die hat viele Kurven, da derstessen sich ganz viele, vor allem Motorradfahrer, wenn das Wetter schön ist. Und leider viele Junge, Gott hab sie selig. Das kann man an der ganzen Straße sehen, da stehen die Kreuze praktisch nebeneinander.

Sicher haben wir den Singer-Simon angerufen, hat da der Alois gesagt und mich wieder angeschaut, weil er jetzt ein gutes Gewissen gehabt hat, kannst ja einen Toten nicht einfach so im Wald liegen lassen. Was glaubst, wie der ausschaut, wenn den die Füchs und die Wildschweine finden?

Na, hör auf, ist das grauslich!, hab ich da gerufen. Manchmal denken diese Jäger einfach nicht mit. Wer will sich sowas schon vorstellen?

Der Singer-Simon ist gleich hingefahren mit seine Leut, das hat er dem Herrn Pfarrer fest versprochen, weil der nicht selbst zur Fütterung hat fahren wollen. So leicht ist die Fütterung im Wald auf der Lichtung auch gar nicht zum finden, wenn man nicht von hier ist. Ich glaub, dass der Herr Pfarrer auch nicht grad einen Niedergeschossenen hat sehen wollen, auch wenn der Alois gesagt hat, dass er ganz friedlich ausgeschaut hat. Als wär er in seinem Bett im Schlaf gestorben. Auf der Brust ist am grünen Jagdhemd schon ein großer Fleck gewesen, aber ein brauner und kein roter, also war's nicht ganz so schlimm zum anschauen. Nur am Rücken hätt man sicher ein großes Loch sehen können, weil da die Patrone ausgetreten ist. Aber sehen hat man das zuerst gar nicht können, weil der Leonhard eh am Rücken gelegen ist.

Na, hör auf, ist das grauslich!, hab ich da wieder rufen müssen, und der Alois hat noch gesagt, dass der Herr Pfarrer diesmal ausnahmsweise am Freitag die Krankenkommunion zu den Kranken bringen würd und nicht erst am Sonntag, weil da am Nachmittag auch noch eine Taufe wär und sich das alles nur schwer ausgehen würd. Und vor einem Niedergeschossenen würd er sich wirklich nicht fürchten.

Ich glaub, es wär an der Zeit, dass du wen anrufst, hab ich da zum Alois gesagt und das erste Glas mit der Zwetschkenmarmelade angefüllt.

Wer soll denn das sein?, hat mich der Alois gefragt, aber ich hab ja gewusst, dass er eigentlich ganz gern plaudert, es muss halt am anderen Ende vom Telefonkabel nur der Richtige sitzen.

Ich hab's gleich, hab ich gesagt, weil ich mit dem Einfüllen und Verschließen von den Glasln schon im Fertigwerden war. Ich hab mir noch schnell die Hände gewaschen und abgetrocknet, dann hab ich mein Telefonbüchel geholt, wo ich meine speziellen Telefonnummern reingeschrieben hab, also die, die mir ganz wichtig sind.

Unseren lieben Herrn Doktor in Wien rufst jetzt an und sagst ihm, er soll gleich kommen, hab ich dem Alois gesagt und mit dem Finger auf die Nummer im Büchel gezeigt. Der Simon kann sicher Hilfe brauchen.

Ich hab mir schon gedacht, dass der Herr Doktor am Wochenende rauskommen würd in sein Haus da oben am Südhang, aber der Teufel schlaft nicht, hätt die Großmutter gesagt, und vielleicht wär er gerade dann eben nicht gekommen. Und ich hab gemeint, dass der Singer-Simon sicher Hilfe braucht, so ein Mord ist ja nichts Alltägliches und auch kein Verkehrsunfall. Außerdem hat er den Herrn Doktor ja schon bei der Geschichte mit der Frau Schalott von Schwarz kennen gelernt und die zwei haben sich gut verstanden.

Dann hab ich dem Alois die Nummer vorlesen müssen, weil der wieder einmal seine Brille zuhaus liegen lassen hat, das kenne ich schon von ihm. Eitel ist er einfach, wie so viele Mannsbilder, und dann tut er so, als hätt er sie vergessen.

4

„Ich bin doch keine zweihundert Jahre alt“, sagte Patrick Sandor agaciert.

„Worum geht’s denn jetzt wirklich, Herr Sektionschef? Um Ihr Alter, Ihre Eltern oder um Manieren?“ Kriminalinspektor Müller zupfte an seinem rotblonden Schnurrbart. Allzu lange wollte er hier nicht sitzen bleiben, im Gegensatz zu seinem Vorgesetzten trug er keinen Mantel, nur die kurze Lederjacke, und die Feuchtigkeit, die von der Bank durch seine Hose kroch, ließ ihn frösteln.

„Um die Suche nach der verlorenen Zeit. Und wenn Sie mich noch einmal Sektionschef nennen, verrate ich – wem auch immer – ihren Vornamen“, sagte Patrick Sandor.

Müller schmunzelte und klappte seinen Jackenkragen hoch. Seine Eltern hatten ihn zu seinem Leidwesen Ignaz taufen lassen, aber sein Chef war als personifizierte Diskretion bekannt. Müller, aufgewachsen in einer Gemeindewohnung im Karl-Marx-Hof als jüngstes von sieben Kindern, hatte es seinen sozialistischen Eltern ohnedies heimgezahlt. Er war zur Polizei gegangen und nicht Arbeiter geworden, sondern Beamter. Und wenn er zufrieden war, pfiff er den Radetzkymarsch, die Internationale hatte er, sehr zum Bedauern seiner Eltern, nie erlernt.

„Dass unsere Eltern mit uns nie zufrieden sind, wissen wir doch eh“, seufzte Müller und rieb seine starken Oberarme.

„Meine sind jetzt restlos entzückt. Und das behagt mir nicht“, blieb Sandor penetrant.

„Postpubertäre Auflehnung?“, schlug Müller vor. Lange wollte er hier nicht bleiben, es war kurz vor zwölf Uhr Mittag und er kannte ein gestandenes Beisl in der Nähe.

Zustimmend zuckte der Obdachlose mit den Schultern. Konflikte mit Verwandten waren ihm durchaus geläufig.

„Die Psychokurse, die bei der Polizei angeboten werden, machen sich offensichtlich bezahlt. Das ist erfreulich", sagte Sandor gereizt. „Sie hat nicht einmal gegrüßt!", fügte er hinzu, und Müller, der ihn jahrelang kannte, wusste augenblicklich, dass es um die junge Person ging, die an diesem Morgen zum Verhör erschienen war.

„Das ist jetzt aber nicht wahr, dass Sie in ihrem Alter anfangen, solche Leute ernst zu nehmen?" Kriminalinspektor Müller zog die Augenbrauen zusammen.

„Darum geht es nicht, nur verstehe ich sie nicht mehr. Ich kann mit ihnen ganz und gar nichts anfangen, wie soll ich sie da verhören? Früher waren Verbrecher rechtschaffen gefährlich, heute sind sie mir gänzlich fremd!" Es war wohl ein Versuch zu erklären, was ihn bewegte.

Der Obdachlose zog die Schultern hoch und drehte seine Handflächen gen Himmel.

„Vielleicht hätte ich nie zur Polizei gehen sollen, sondern doch in den diplomatischen Dienst", monierte Sandor.

„Weil es dort keine Proleten gibt?", antwortete Müller amüsiert. Bis zu einem gewissen Grad gab er seinem Chef ja Recht. Die Manieren waren übler geworden, man grüßte seltener, ein Bitte und ein Danke waren Raritäten. Von Damen allerdings, die stets Hut und Handschuhe getragen hatten, verstand er nichts, das war in Heiligenstadt nicht üblich gewesen. Die Garderobe der Leute von heute war ihm meist egal, der

Geruch von Hamburgern oder Kebab in der U-Bahn war es nicht.

„Was macht denn Frau Lisi?“, erkundigte sich Patrick Sandor plötzlich perfid.

Früher einmal war Frau Lisi ein süßes Geheimnis gewesen, das in Abend- und Nachtstunden Müller besuchen kam. Denn Frau Lisi war schon damals mit dem Polizisten Poldi verheiratet gewesen und hatte nur kommen können, wenn dieser Nachtdienst hatte. Das Verhältnis war nicht nur schlampig, sondern auch heimlich gewesen, weil Müller den Kollegen schätzte und nicht hatte verletzen wollen. Wird ja nichts weniger, war sein Trost für sich selbst gewesen, wenn sein schlechtes Gewissen sich dennoch geregt hatte. Nun, Poldi hatte sich bei einem Nahkampf-Seminar dann selbst in jemand anderen verliebt, man lebte jetzt in Scheidung.

„Sie hätte gern ein Kind“, sagte Müller unverblümt.

„Nein!“, gab sich Sandor angemessen überrascht. „Und Sie selbst?“

Der Obdachlose legte die Hände auf den Griff des Einkaufwagens, bettete darauf sein Kinn und blickte interessiert.

„Wo ich mit sechs Geschwistern in einer Gemeindewohnung aufgewachsen bin? Das hab ich mir nie vorstellen können und auch nicht wollen“, sagte Müller.

„Das triste Ende einer Liebe?“, fragte Patrick Sandor behutsam.

Der Obdachlose hob den Kopf. Sein Gesicht hatte einen gepeinigten Ausdruck angenommen.

„Sie kennen doch meine Wohnung in der Ausstellungstraße beim Riesenrad. Dort ist es schon für zwei Leut zu eng.“ Müller zupfte an seinem Schnurrbart.

„Haben Sie der Frau Lisi denn einen Heiratsantrag gemacht?“, wollte Sandor ungewohnt neugierig wissen.

„Das hätt ich nicht können", sagte Müller tugendhaft, „wo sie doch noch verheiratet ist!"

„Ich bitte Sie, mein lieber Müller!", rief Patrick Sandor.

„Ja, ich bitt Sie!", murmelte der Obdachlose und fuhr sich mit der rechten Hand übers Gesicht.

Da klingelte Sandors Handy erneut. Auch diesmal währte das Gespräch nur kurz.

„In Neiselbach braucht man Hilfe, mein lieber Müller", berichtete Sandor. „Das finde ich wunderbar, das neue Wien ennuyiert mich ganz ungeheuer."

„Eine Kleinigkeit gehen wir noch essen, bevor Sie hinausfahren", beschloss Kriminalinspektor Müller, „Würstel mit Gulaschsaft schlage ich vor."

„Essen Sie denn jemals etwas anderes?", fragte Sandor rein rhetorisch.

Beide Herren erhoben sich, der Obdachlose tat es ihnen gleich.

„Sie können ja anrufen, wenn Sie Hilfe brauchen. Für Sie würd ich sogar nach Neiselbach kommen."

Als eingefleischter Wiener teilte Müller Patrick Sandors Passion fürs Land ganz und gar nicht. Sein Penchant für Wiesen und Wälder endete bei den Weingärten beim Heurigen vor den Toren Wiens. Kümmelbraten, Gespritzte und dazu das eine oder andere Wiener Lied, das war ihm stets genug.

Bei den Wasserbecken vor der Karlskirche holte der Obdachlose die beiden Herren ein. Den voll bepackten Einkaufswagen zwischen letzten verstreuten Kastanien hin und her zu chauffieren, raubte ihm beinah den Atem.

„Sagen Sie", keuchte er, „wann kommen Sie wieder in den Resselpark?"

5

Wie der Alois weg war, hab ich mich hinaussetzen können zu meinem Lieblingsplatz draußen bei den Haselstauden. Da waren die Meinigen noch immer nicht zurück aus Wiener Neustadt. Neben das Marterl mit der Jungfrau Maria auf die Holzbank hab ich mich gesetzt, und den Wolfi hab ich gleich mitgenommen, der hat bei der Marmelad-Kocherei eh so lang drinnen bleiben müssen. Mein Fernglasl hab ich gleich mitgenommen, um nach den Hirschen zu schauen. Das sag ich halt immer, stimmen tut es ja nicht. Aber praktisch ist es, weil einem nichts entgeht. Hübsch frisch war es schon an dem Nachmittag, und ich hab gehofft, dass die Meinigen bald nach Haus kommen. Ich hab nämlich vor der Betstunde in der Kirche in Siebenstein mit der Schwiegertochter am Friedhof noch Stiefmütterchen und Erika einsetzen wollen. Und schauen, ob die Herbstastern schon aufgeblüht sind. Bei mir im Garten war es schon so weit. Da wird mir immer ein bissel schwer ums Herz, weil ich grad da merk, wie schnell die Zeit vergeht. Im Frühjahr, wenn die Schneeglöckerl herauskommen, geht es mir nicht so, da bin ich froh, wenn die Tage vergehen und immer länger werden. Aber dann hinten hinaus im Jahr, da zerrinnt einem die Zeit zwischen den Fingern. Vielleicht kommt einem das aber auch nur so vor, weil die Tage ganz einfach kürzer werden.

Froh war ich, dass der Alois mir mit den Zwetschken geholfen gehabt hat, weil dann der Sohn früher mit dem Schnapsbrennen anfangen kann und man mit der Herbstarbeit schneller fertig ist. Viele Äpfel waren es nicht in diesem Jahr, und mit den Birnen war es ganz schlecht, da hat der späte Frost im Frühjahr noch zur Heiligen Sophie die Blüten abfrieren lassen.

Die weiße Fahne als Zeichen für die gelungene Deckung hätt ich auch noch hoch am Dach hissen können, für die Nachbarn gleich gegenüber, die uns ihre Sau vor drei Tagen gebracht haben, weil wir so einen guten Saubären haben und das mit der Nachkommenschaft dann immer gelingt. Aber dann wär's mir fürs Blumenpflanzen am Friedhof ein bissel zu spät geworden, weil die Nachbarn immer zu Fuß rüberkommen müssen. Einen Anhänger für ihre Sau haben sie ja nicht, deswegen müssen sie sie am Strick wieder heimführen.

Ein bissel wollt ich ja auch noch reden mit den anderen vor der Betstunde, auch wenn ich vom Tratschen nix halt, aber wenn einer von uns stirbt, und dann auch noch so, da wird halt schon ein wengerl darüber geredet. Das ist ja ganz normal.

Und da hab ich sie schon gehört, die Meinigen, mit dem Auto den Berg raufkommen. Grad recht, hab ich mir gedacht, weil mir schon fast zu kühl geworden ist, da draußen bei den Haselstauden, auch wenn ich die dicke Strickweste angehabt hab. Die Sachen, die sie eingekauft haben, haben sie noch ins Haus gebracht und weggeräumt, dann ist der Sohn in den Stall und die Schwiegertochter mit mir hinauf nach Siebenstein. Es hat nach Regen ausgeschaut, also war es gut, dass wir die Pflanzen noch alle einsetzen haben können. Früh dran waren wir dieses Jahr, und das hat mich gefreut, weil ich es nicht mag, wenn der Schnee kommt und man noch vieles nicht erledigt hat. Aber auch wenn der Schnee noch nicht kommt, Ende Oktober ist die Erde schon kalt und die Fingergelenke tun mir dann immer weh, wenn ich im Garten oder am Grab noch was zum graben hab. Viel mach ich ja nicht mehr, aber so ganz kann ich es doch nicht bleiben lassen.

Dann war noch ein bissel Zeit bis zur Betstunde, und außer uns war noch keiner da. Vielleicht war es ihnen zu kühl für die Grabarbeit oder sie haben Angst gehabt, dass sie in den Regen kommen. Da hab ich mich auf die Bank vor der Kirche hingesetzt, wo man hinüberschauen kann zum Schneeberg. Nur hat man nicht viel gesehen vom Schneeberg um die Zeit und an dem Tag, so tief ist dort drüben der Nebel gehangen. Aber die Luft hat nach dem Schnee, der in der Nacht oben frisch gefallen ist, gerochen.

Da hab ich wieder an den Goldbacher-Leonhard denken müssen, wie schon so oft an dem Tag. Manchmal frag ich mich, woher es wohl kommt, dass manche Menschen so viel kriegen und andere gar nicht, obwohl sie sich furchtbar anstrengen. Weil so war es mit dem Leonhard. Der war so ein lustiger und fescher Bub, und zuhaus der große Hof und der Wald und die Eigenjagd. Und dann auch noch der Posten als Verwalter beim Herrn Grafen seinem Sohn. Er lebt ja nicht mehr, der alte Herr Graf, und der Sohn, der Hanno, ist nicht so ein feiner Herr wie der Vater. Nur mit der Liebe hat der Leonhard kein Glück gehabt, und das, das tut schon am meisten weh, überhaupt, wenn nix Kleines mehr nachkommt, weil fürs Herz braucht man auch was im Leben, nur Geld allein bringt einen nicht weiter. Und jetzt war das alles nicht mehr gutzumachen. Weil der Leonhard tot war und Kinder keine da waren. Traurig. Mit dem Leonhard sind also die Goldbacher ausgestorben auf dem Hof, nur der Goldbacher-Severin und die alte Burgi sind noch dort gewesen. Und wer das alles hat erben sollen, das hab ich mir nicht vorstellen können. Verwandte waren mir gar keine bekannt. Nicht so wirkliche, so um ein paar Ecken herum schon, aber das ist nichts Neues – das sind wir alle untereinander in Neiselbach, ein wengerl miteinander verwandt.

So nach und nach sind dann auch alle anderen zur Betstunde gekommen, viele sind wir ja nicht, acht Frauen im Moment, und wir treffen uns einmal in der Woche und beten den Rosenkranz und denken an die lieben Toten. Mannsbilder gehen zu so etwas ja nicht, dabei würd es ihnen gar nicht schlecht tun, denk ich manchmal, weil das Nachdenken über das Sterben und die Verstorbenen hilft, den Blick aufs Leben nicht zu verlieren. Früher einmal ist die Betstunde am Montag gewesen, aber jetzt haben wir uns den Freitag ausgesucht, wenn halt nicht grade Abendmesse ist. Drei von uns gehören zum Pfarrgemeinderat. Die haben heute darüber reden wollen, wer im Krippenspiel dieses Jahr die Maria und den Josef und die Hirten spielen soll. Allzu viel Zeit war da nicht mehr, weil hast du nicht gesehen ist Weihnachten da, und alle müssen ja noch ihre Verse lernen. Aber dass daraus an dem Freitag nichts wird, hab ich mir gleich gedacht. Weil alle schon gehört gehabt haben, dass man den Leonhard erschossen hat.

Ein Elend, hab ich mir gedacht, so ein fescher Mann mit seine schwarzen Haar und den grünen Augen, und dann kommt einer daher und schießt ihn nieder. Und keiner kann sich auch nur irgendwie vorstellen, wieso.

6

Wenn man in der Provinz aufgewachsen ist, kommt man davon nicht mehr los. Davon war Patrick Sandor eigentlich überzeugt. Auf pannonische Tiefebene und wehrhaftes Gemäuer hatte er jedoch keine Lust mehr gehabt. Er hatte im gebirgigen Neiselbach ein kleines, gelbes Haus mit grünen Läden und überschaubarem Gemüsegarten erstanden, das auf der Südseite des Tals hinter einer zweihundert Jahre alten Esche versteckt lag. Sogar sein Klavier hatte er hierher schaffen lassen, in den Oberstock. Dazu hatte man den Fensterrahmen oben im Zimmer herausschrauben müssen, um das Klavier dort hindurchzuhieven, weil der Stiegenaufgang zu schmal gewesen war. Sollte er das Haus jemals wieder verlassen wollen, würde er das Klavier zerhacken lassen.

Der kleine Garten war ihm besonders ans Herz gewachsen. Hier saß er am liebsten, auf alten Pflastersteinen, die kleine Beete umrahmten, in denen Pfingstrosen und Kräuter wucherten, gleich neben einem üppigen Lavendelbusch, und im Sommer duftete es nach Rosmarin und Thymian. An diesem Tag jedoch roch es nach feuchter Erde und nassen Blättern und die niedrigen Temperaturen luden nicht zum Sitzen ein.

Er hatte sich beeilt, mit seinem alten Landrover aus Wien herauszukommen, der einsetzende Wochenendverkehr hätte ihn in seiner Laune vollends in die Verzweiflung getrieben, vor allem jedoch musste er das Haus noch heizen. Eine ganze Woche war er nicht hier gewesen; in dem alten Steinhaus merkte man das sofort. Die Luft war klamm. Zuallererst hatte er jedoch seinen grauen Anzug und das Gilet ab- und Großvaters alte Lederhose und Joppe angelegt, außerdem die auf Wasserglanz polierten Haferlschuhe. Mit Krawatte und Stecktuch Holz in der Scheibtruhe aus dem Stall in den Heizraum zu bringen, wäre übertrieben gewesen. Er legte Kartonage in den Heizkessel, Holzspänne darauf, dann erst die größeren Holzstücke. Mit Streichhölzern zum Anzünden gab er sich gar nicht erst ab, eine Lötlampe stand parat. Das war zu erledigen, bevor er sich mit dem Alois und dem Singer-Simon unterhalten würde. Zu kühl war es sonst um diese Jahreszeit, um erst spät am Abend zurückzukehren und sich ins Bett legen zu wollen, und Warmwasser gab es dann auch keines. Zu essen hatte er nichts eingekauft, das würde er morgen in Puchberg erledigen, sich vielleicht ein wunderbares Rindfleisch vom Fleischhauer gönnen. Heute Abend würde er zum Goldenen Hirschen gehen.

Er hatte es genossen, vor dem kleinen Haus vorzufahren und sein Auto hinter dem Schupfen abzustellen. In Wien war solches schon lange nicht mehr möglich – ein weiterer Grund, warum die Stadt ihm auf die Nerven ging. Parken war teuer geworden, unerschwinglich geradezu, aber um nach Neiselbach zu kommen, brauchte er seinen Landrover, mit Bahn und Bus kam man nicht bis zu seinem Haus.

Wien hatte er behaglich in Erinnerung. Wann die Stadt so rastlos geworden war, vermochte er nicht zu sagen. Es war nicht allzu lange her, da war er vom Hohen Markt zum Kai hinuntergegangen und hatte versucht, sich zu erinnern, wann er dies zum letzten Mal getan hatte. Ein Lokal drängte sich an das andere und vor den Türen warb man auf Schildern mit „Happy Cocktail Hour“. Man hatte kaum das Gefühl, in Wien zu sein. Es war halb vier Uhr am Nachmittag gewesen, einige Herren in dunklen Anzügen standen an runden

Stehtischchen beisammen, einen Drink in der Hand, man scherzte laut und wichtig.

„Banker?", hatte er gedacht und sie auf Anhieb unsympathisch gefunden.

Letzten Monat hatte ein Kollege bei einer Sitzung von alkoholisierten, lärmenden Jugendlichen erzählt, die die Innenstadt an Wochenenden nahezu unerträglich machten. *City* hatte er sie genannt, und Sandor hatte ihn korrigiert.

„Ich werde alt", dachte Patrick Sandor und blickte zu den schroffen Felsen gegenüber. „Gütiger Gott, man muss doch nicht unbedingt in straußscher Walzerseligkeit untergehen, aber so gar nichts wirklich Wienerisches mehr?"

Und dabei dachte er nicht an das Wienerische, das man in den letzten Jahren als typisch serviert bekommen hatte. Er atmete tief durch. Weder sein Missmut noch seine ambivalente Wien-Beziehung würden sich heute auflösen lassen.

Um halb vier traf er Revierinspektor Simon Singer in akkurat gebügelter Uniform am Parkplatz vor dem Goldenen Hirschen. Wie üblich war die Begrüßung herzlich. Man brach sogleich in den Wald zur Hirschfütterung auf, auch wenn der Tote schon längst weggebracht worden war.

„Da unter den Lärchen ist er gelegen", sagte Singer, als sie unter dem warnenden Gekrächze der Eichelhäher bei der Lichtung angekommen waren, auf der bereits etliche Futtertische für das Rotwild standen. „Er hat schon alles für den Winter hergerichtet gehabt, der Leonhard, im Frühling und im Sommer stehen die Tische da sonst nicht herum. Aber bei uns hier oben weiß man ja nie, wann es zum schneien anfangt, und dann ist man schon zu spät dran.“

Simon wusste Bescheid, denn bei ihm zuhause war er es, der das Revier betreute.

„So wie der Ausschuss ausgeschaut hat, sag ich, war's eine gängige Jagdpatrone. Da kannst schon auf 250 Meter hin schießen, wenn du gut bist, weil so ein Brustkorb von einem Menschen nicht groß ist. Der Leonhard ist sicher am Stand umgefallen, und wie der umgefallen ist, muss der Schütze dort gestanden sein“, berichtete Simon und zeigte an den Rand der Lichtung zu drei eng beieinander stehenden Tannen.

„Weiterbringen tut uns das auch nicht wirklich, weil der Boden dort ein wengerl felsig ist und der Schütz auch nicht eine Tschick nach der anderen gepafft hat, die er dann weggehaut hat, nur damit wir sie finden“, sagte Singer und lächelte wenig überzeugt. „Und die Kugel, die hat die Spurensicherung auch nicht gefunden. Also entweder hat der Leonhard den Mörder gekannt, oder er hat ihn gar nicht gesehen, sonst versteh ich nicht, wieso er sein Gewehr noch immer umgehängt gehabt hat und draufgelegen ist, und den Pirschstecken noch in der Hand. Wenn mich wer bedroht, häng ich's Gewehr gleich ab und lass den Stecken fallen.“

Simon Singer war, nachdem die Spurensicherung und der Pathologe ihre Arbeit beendet hatten, zum Goldbacher-Severin auf den Hof gefahren. Zu Beginn war nur die alte Cousine, die Burgi, da gewesen und der Goldbacher-Severin noch unterwegs, um Besorgungen zu erledigen. Gerne dachte Singer nicht an den Moment zurück, als der Severin mit seinem Auto endlich zurückgekommen war. Den Tod eines Familienmitglieds einem Angehörigen mitzuteilen, war immer schwer, aber die Nachricht vom Mord am eigenen Kind einem Elternteil zu überbringen, grenzte ans Unerträgliche.

„Und keine hundert Meter von hier verlauft schon die Grundstückgrenze, da sind wir dann schon am Zwerschina-Karl seinem Grund und Boden“, erklärte Simon und wies mit der rechten Hand ins Gebüsch.

Auf der Lichtung roch es nach Pilzen und nassen Tannennadeln. Sandor legte den Kopf in den Nacken und blickte in ein kleines Stückchen klares Blau. Hoch oben kreiste schweigend ein Mäusebussard.

„Jetzt hat er keinen Erben mehr, der Goldbacher-Severin“, seufzte Revierinspektor Singer.

7

„Manchmal glaub ich fast, jetzt wo du mich haben kannst, willst du mich nicht mehr." Lisi schüttelte ihre blonden Locken und meinte es nicht kokett.

Vorsichtig atmete Müller durch die Nase aus.

Nur nichts überstürzen in dieser Argumentation, dachte er, nicht verhaspeln.

Jedes Wort war wichtig, zumindest für Lisi, die neuerdings immer alles falsch und verquer verstand. So kam es Müller zumindest vor. Wie sollte er ihr allen Ernstes erklären, dass er zwar viel für sie empfand, ja vielleicht sogar Liebe, sie ihm aber vis-à-vis vom Riesenrad, in seiner kleinen Wohnung in der Ausstellungsstraße, dennoch auf die Nerven ging.

Es war aber vielleicht auch nicht erklärlich. Ich liebe dich, nur eben nicht hier, nicht hier in meiner Wohnung – das würde so leicht wohl niemand verstehen.

Nach einer Kindheit mit sechs Geschwistern hatte er nie dorthin gewollt, wo er jetzt war. Mit einer Person zusammen in seiner Wohnung. Beängstigend eng. Und dann sprach sie noch von einem Kind.

„Das stimmt so nicht", erwiderte Müller voreilig und ließ unachtsam das *so* in seinem Text stehen.

„Wie stimmt es dann?", fragte Lisi pointiert und eilig zurück.

Müller zupfte an seinem rotblonden Schnurrbart und zog die Nase kraus. Geräuschvoll auszuatmen wagte er nicht, das hätte noch mehr Fragen nach sich gezogen.

Früher, also vor relativ kurzer Zeit noch, war er um halb sechs Uhr in der Früh aufgestanden und mit dem Staubsauger in seiner winzigen Wohnung herumgefahren, weil er nach dem Leben in einem Neun-Personen-Haushalt auf Unordnung allergisch war, hatte dann ein wunderbares Schaumbad genommen und in der Wanne den Radetzkymarsch gepfiffen.

Früher hatte Lisi ihm zu den Rendezvous in seiner Wohnung Würstel mit Saft im Plastikgeschirrl mitgebracht, und resche Semmeln.

Neuerdings kochte sie nur mehr ganz anderes, Abwechslung im Speiseplan, hatte sie es genannt. Aber Müller schätzte seine Gewohnheiten, auf kulinarische Spitzfindigkeiten legte er keinen Wert. Fischsuppe hatte es letzte Woche gegeben, eine französische mit einem Namen, den auszusprechen Müller nicht vermochte, und wenn er an die schwimmenden Fischköpfe dachte und die Fischaugen, die ihn aus der orangefarbenen Flüssigkeit angeschielt hatten, schüttelte es ihn innerlich.

Früher war rettungslos verloren. Halb sechs Uhr am Morgen war für Lisi tiefste Nacht, Staubsaugen und Pfeifen um diese Zeit schlimmste Qual. Er hatte seit ihrem Einzug kein Schaumbad mehr genommen. Dass dies seine Leidenschaft war, ging sie nichts an. Man war nicht so intim. Und Würstel mit Saft aß er, wann immer es sich auswärts ergab. Im Gasthaus.

„Ich bitt dich, pack deine Sachen“, sagte Müller und blickte in erschreckte, feuchte Augen.

„Wir fahren aufs Land, nach Neiselbach.“

8

Es war behaglich warm in der holzgetäfelten Gaststube im Goldenen Hirschen. Das war gut so, denn im Wald war einem die Feuchtigkeit unangenehm in die Knochen gekrochen. Sogar Revierinspektor Singer, der sonst nicht kälteempfindlich war, rieb seine Hände. Noch vor wenigen Tagen war es hochsommerlich heiß gewesen, den klammen, nebelverhangenen Tag empfand man daher als unangebracht kalt.

Gäste gab es an diesem Abend keine im Goldenen Hirschen, die üblichen Weißweintrinker schon, doch diese waren keine herkömmlichen Gäste, sie gehörten durchaus zum Inventar. Man traf sich täglich zum Diskurrieren hier an der Schank, bei einem Achterl Weißwein oder zwei. Es waren immer dieselben, aber von diesen *selben* gab es in Neiselbach gleich mehrere, für ein ständiges Kommen und Gehen war folglich gesorgt. Die Zahl derer, die an der Schank standen, blieb dabei in etwa gleich. Mit fünf Diskutanten konnte man ab elf Uhr Vormittag rechnen.

Mit einem wohligen Seufzer öffnete Patrick Sandor die Speisekarte. Er hielt auf bürgerliches Essen, und in Anbetracht der herbstlichen Kühle schien ein Blunzengröstel ihm angemessen.

„Sie sind mein Gast", sagte er zu Simon Singer und versuchte, den Blick der Bedienung zu erhaschen.

„Rosel!", rief da der Revierinspektor und fuchtelte mit seinem rechten Arm. Vom Warten hielt er nicht viel, schon gar nicht, wenn die Lust auf ein Bier mit gepflegter Schaumkrone ihn plagte.

„Das Geschoss, das die Spurensicherung nicht finden konnte, lässt mir keine Ruh", sagte Patrick Sandor und verzog gedankenvoll das Gesicht.

„Morgen werd ich noch einmal zur Fütterung hinaufschauen. Ich kenn wen, der hat einen Metalldetektor, das könnt funktionieren", antwortete Simon Singer und hob sein Glas.

Wenn man die Kugel nicht fand, dann hatte der Schütze danach gesucht und sie auch gefunden, nachdem Alois ins Tal zum Herrn Pfarrer gelaufen war, das war zumindest anzunehmen. Einem Routinier konnte man das zutrauen. Sandor hatte einen Freund aus Kindertagen, dessen Leidenschaft war es immer gewesen, anhand der Schussbahn die Kugel aufzuspüren, wenn sie nicht gerade im Wildkörper stecken geblieben war. Das war hier nicht der Fall. Von dem Geschoss allerdings, auch wenn es für das freie Auge wie ein Bleibatzen aussah, hätte man im Labor auf das entsprechende Jagdgewehr schließen können.

„Dann denke ich doch, dass die Chose geplant gewesen ist", sagte Sandor und nickte Rosel beifällig zu, als sie einen wohlgefüllten Teller vor ihn hinstellte. Hier bekam man noch gut und reichlich zu essen, von lächerlich winzigen Kreationen auf ovalen oder eckigen Tellern hielt man im Goldenen Hirschen nichts.

„Wieso wissen S' das?", fragte Singer.

Von *wissen* konnte man nicht sprechen, bestenfalls von einer Annahme. Selten nahm ein Täter, der im Affekt eine Tat begangen hatte, sich die Zeit, den Tatort zu perlustrieren oder zu arrangieren. Die meisten waren vor allem darauf bedacht, den Schauplatz schleunigst zu verlassen.

„Ein klasser Bursch war er, der Leonhard", sagte Revierinspektor Singer und nickte beifällig, „einer, der auch den Weiberleuten gut gefallen hat. Wie seine Ehe tschari war, wär so manche interessiert gewesen."

Aber der Leonhard sei immer nur auswärts grasen gegangen, raus aus dem Tal in Richtung Wiener Neustadt, in Neiselbach hätte er niemandem mehr den Kopf verdrehen wollen.

„Da hat's vor ein paar Jahren einmal was gegeben, aber ich bin nie draufgekommen, was genau, und drüber geredet hat der Leonhard nicht", erzählte Singer mit vollem Mund, nahm einen Schluck Bier und spülte den Bissen hinunter.

„Schindeln am Dach", sagte er sodann und nickte ernsthaft. „Aber seiner grünen Augen wegen hat man ihn wohl kaum erschossen, und wegen seinem Verwalterposten am Schloss bei den Fürchtenberts auch nicht."

„Er war Verwalter auf Schloss Fürchtenbert?" Patrick Sandor legte das Besteck auf den Teller nieder.

„Ja, das war er. Kennen S' die leicht?", fragte Singer.

Nun, Sandor kannte die Fürchtenberts. Hanno Fürchtenbert war zwei Klassen ober ihm ins selbe Internat gegangen, dann hatte man sich aus den Augen verloren. In Neiselbach hatte Sandor keinen Penchant verspürt, den ehemaligen Schulkameraden aufzusuchen. Er hatte das kleine, gelbe Haus mit den grünen Läden hier nicht erstanden, um wohltuende Einsamkeit gegen Gesellschaftsverpflichtungen einzutauschen. Vor einer halben Ewigkeit hatte Hanno geheiratet, auf der Hochzeit war Patrick Sandor noch gewesen, und dann nichts mehr. Nora hieß seine Frau, soweit Patrick sich noch entsinnen konnte.

„Na, das ist super. Da tun wir uns leichter, wenn wir beim Hanno nachfragen, ob ihm zu dem Mord was einfallt", sagte Simon Singer. „Ich wunder mich eh, dass sich der bei mir noch nicht gerührt hat, weil er Gäste zum Jagern bei sich hat. Und für die hat der Leonhard ja schon heute früh keine Zeit gehabt, weil er bei seiner

Fütterung gewesen ist. Und jetzt am Abend, da muss er dem Hanno doch auch abgegangen sein. Aber vielleicht hat der Alois im Schloss Bescheid gegeben, das könnt leicht sein."

Dies lag wohl im Bereich des Möglichen, fand auch Sandor, doch wenn schon Leonhards grüne Augen für seinen frühen Tod nicht verantwortlich zu machen waren, so drängte sich die Frage förmlich auf: Was dann?

„Das Füttern", sagte Singer-Simon knapp, hob sein leeres Krügel und schwenkte es über seinem Kopf. Das konnte Rosel nicht übersehen.

Patrick Sandor zog ein verständnisloses Gesicht, als hätte er ein akustisches Problem.

„Das Füttern, hab ich gesagt" wiederholte Singer laut und deutlich, und stellte sein leeres Krügel wieder auf den Tisch.

„Ich höre ausgezeichnet, aber ich verstehe nicht, was damit gemeint ist", erklärte Patrick Sandor und blätterte in der Speisekarte. Eine süße Kleinigkeit hätte ihm noch behagt, Topfennockerln oder eine Palatschinke, und ein Gläschen roten Landweins. Für Mocca war es ihm zu spät.

„Das Füttern bei der Fütterung hab ich gemeint, dort, wo man den Leonhard erschossen hat", sagte Revierinspektor Singer. „Aber lieber wär mir, wenn das keiner hören würd, weil dann nur einer in Frage kommen tät, so wie ich das seh."

Der Nachbar nämlich, der Zwerschina-Karl, was mehr als plump von diesem gewesen wäre, deppert, wie sich der Simon salopp ausdrückte. Zu nahe an der Grenze hatte Leonhard die Fütterung errichtet, er hatte – bei strengem Nachmessen – sicherlich die vorgeschriebene Hundert-Meter-Grenze unterschritten, man sprach von siebenundneunzig. Überdies pflegte Leonhard Karotten dorthin zu schaffen, die als Fütterungsmittel verboten waren. Auch von Äpfeln war schon die Rede gewesen, und da zwischen Lärchen und Nadelbäumen weit und breit keine Apfelbäume zu finden waren, war auch dies nicht erlaubt.

„No, angezeigt gehört der Kerl", war da eine Stimme zu hören. Verwegen zupfte Kriminalinspektor Müller an seinem rotblonden Schnurbart.

„Gütiger Gott, zu Fuß oder mit dem Bus?" Sandor erhob sich, beugte sich über Frau Lisis Hand und wies sodann mit der Rechten auf die freien Plätze.

Bahnhofstaxi, sagte Müller und drückte Revierinspektor Singer kräftig die Hand. Seit dem letzten Fall, in dem man gemeinsam ermittelt hatte, war man per du und überdies ganz gut bekannt. So konnte man es wohl nennen, wenn man am Friedhof von Siebenstein blutig zusammengeschlagen von Simon Singer geborgen worden war.

Urlaub würde man machen, sagte Müller und zwinkerte amüsiert, und ein bissel recherchieren, in einem Fall in Neiselbach, von dem er in Wien gehört habe.

„So weit weg von einem Heurigen und Ihrem Kahlenberg?", fragte Patrick Sandor.

Das wage er nur, weil die Würstel mit Gulaschsaft im Goldenen Hirschen essbar wären. Das Wetter könne zwar besser sein, aber was erwarte man von einer Gegend, in der man im Hochsommer vom Geruch des frisch gefallenen Schnees auf dem Gipfel des Schneebergs sprach.

Frau Lisi lächelte züchtig und ein wenig gezwungen. Sandor diagnostizierte eine Malaise, dem nachzugehen er sich versprach. Auch wenn er selbst über die Anwesenheit seines Müllers entzückt war – ein Profi war von unschätzbarem Wert und gerade die ersten Stunden waren bei einem Mordfall entscheidend –, so kannte er ihn doch gut genug, um zu argwöhnen, dass die Abreise aus Wien einer Flucht gleichgekommen war.

„Rosel, ein Doppelzimmer für die Herrschaften", rief Singer.

„Stören wollt ich aber nicht", sagte Müller, „zumindest nicht gerade dann, wenn man das Motiv am Silbertablett serviert bekommt."

Es würde dabei wohl gar nichts herauskommen, meinte Singer, aber erwähnen hätte er es müssen oder wollen, das mit dem Füttern und der Fütterung. Der guten Ordnung halber, denn auf die Schnelle würd ihm nichts anderes in den Sinn kommen. Streithansel war der Leonhard keiner gewesen, ein Sturer aber schon. Und um die Fütterung alleine sei es nicht gegangen, jetzt, wo er länger darüber nachdenken würd. Von Grenzsteinen war die Rede gewesen, schon seit ein paar Jahren. Von Grenzsteinen, die Füße bekommen und sich selber auf den Weg gemacht hätten, in den Nachbarn sein Grundstück hinein. Aber das war schon eine ganz eine alte Geschichte, und ihn, den Simon, würd es nicht wundern, wenn das schon bei den Vätern eine Streitgeschichte gewesen wär. So alt, dass man sich selber nicht mehr gescheit daran erinnern könnt, und die Familien dann vielleicht auch nicht. Miteinander reden würden die Zwerschinas und die Goldbacher jedenfalls schon seit Ewigkeiten nicht mehr.

Das mit dem Grund und Boden, das könne er ja noch nachvollziehen, sagte Müller und blickte begierig Rosel entgegen, die mit einem Tablett auf der Schulter aus der Küche kam. Aber ob die Jäger wirklich so hopertatschig gewesen waren, wegen dem bissel Gemüse und dem Obst, das man dem Wild hinschmeißt, das frage er sich schon. Immerhin seien das erwachsene Leut, oder etwa nicht.

„Der Jagerneid ist ein Luder." Revierinspektor Singer nickte ernsthaft. „Wer das gschmackigste Futter draußen liegen hat, der hat die Hirschen bei sich stehen, das ist schon so. Und da hört sich der Spaß auf, das kannst mir glauben."

„Wenn man keine Probleme hat, macht man sich halt welche." Müller zupfte an seinem rotblonden Schnurbart und warf begehrliche Blicke zur Küchentür. Seine Würstel hatte man ihm noch nicht gebracht, während Lisi ihr Stück Haustorte schon fast verspeist hatte. Auf anderes hatte sie keine Lust gehabt.

Der Singer-Simon würde morgen zeitig in der Früh noch einmal zur Lichtung mit der Fütterung hinauffahren, den Metalldetektor im Kofferraum. Die Spurensicherung hatte den Suchbereich ja eingezäunt, und wenn da was wär, würd er es schon finden. Außerdem würd er sich ein wengerl auskennen mit solchen Schussbahnen von der Jagd, fügte er schmunzelnd hinzu. Dazu würd er niemanden brauchen, aber nachher, da könnte man rüberschauen nach Fürchtenbert und dann auch noch zum Goldbacher-Severin. Das wär ihm überhaupt das Liebste, wenn da wer mitkommen würd, weil das mit dem alten Severin gar nicht so einfach wär. Und die stocktaube alte Burgi, die gäb einem dann den Rest.

„Wie lang wollen S' denn dieses Mal dableiben, in Neiselbach?" erkundigte sich Revierinspektor Singer.

„Wenn Sie mich so fragen und ich an Wien zurückdenke: Für immer, denke ich", sagte Patrick Sandor.

9

Am Ende des Tals, in dem Neiselbach liegt, kurz bevor man über den Bergsattel nach Puchberg kommt, führt eine Forststraße durch ein kleines Waldstück, an mächtigen alten Eschen und Akazien vorüber, und schlängelt sich über sanfte Hügel. Ebendort auf einer Anhöhe liegt Schloss Fürchtenbert. Es liegt demzufolge der Verdacht nahe, dass der Name wohl einmal Fürchtenberg gelautet hat. Aber – wie sicherlich öfter vorgekommen – es muss wohl einem Kopisten in grauer Vorzeit beim Abschreiben ein Fehler unterlaufen sein, und aus einem naheliegenden *g* wurde ein überraschendes *t*. Von da an hieß die Familie ebenso, das liegt auf der Hand.

Zur Hirschbrunft auf Schloss Fürchtenbert geladen zu werden, ließ so manches Jägerherz höher schlagen. Von Auszeichnung und Ehre war da die Rede, wenngleich nicht nachzuvollziehen war, nach welchen Kriterien die Gästeschar zusammengestoppelt wurde.

So auch nicht dieses Jahr, fand Hanno Fürchtenberts Tante Adele. Zwei neureiche Ehepaare, ein vertrottelter Cousin mit Anhang und eine geschwätzige Cousine. Und zu allem Überfluss hatte sich der Verwalter am Vortag in aller Herrgottsfrühe erschießen lassen. Das hatte der alte Alois berichtet, als er gestern am Nachmittag noch aufgetaucht war. Das war fürsorglich gewesen, nur so hatte Hanno seine Gäste selbst rechtzeitig ins Revier zum jeweiligen Hochstand bringen können. Ob an diesem Morgen jedoch jemand draußen auf der Pirsch gewesen war, wusste Tante Adele nicht zu sagen. Es kümmerte sie auch nicht. Nach Fürchtenbert kam sie ausschließlich des Essens wegen, denn so kurz vor Winterbeginn war die Küche stets vom Feinsten. Das fing schon mit dem Frühstück an. Selbstgemachte Konfitüre, Eierspeise, gerösteter Speck, gebratene Tomaten und Champignons am Rechaud, ihre schottische Großmama konnte sie nicht leugnen.

In froher Erwartung betrat sie das Frühstückszimmer. Hanno und Nora waren anwesend, auch der Cousin, ohne seinen Anhang allerdings, und die beiden Gast-Ehepaare waren desgleichen noch nicht eingetroffen.

„Hat schon irgendwer gesehen, was sie heute so tragen?", erkundigte sich Tante Adele, nestelte an der Perlenbrosche am Revers ihres Tweedsakkos und nahm einen leeren Teller vom Buffet. Namen nannte sie keine, sie hatte schon am Vortag, als man ihr die Gäste vorgestellt hatte, nicht die Absicht gehabt, sich diese zu merken.

„Wer?", fragte der vertrottelte Cousin.

Tante Adele zog die Wangen zwischen die Backenzähne und hob die Augenbrauen, eine direkte Antwort erübrigte sich. Natürlich ging es um die beiden Gastehepaare, das verstand sich doch von selbst. Ausgesehen hatten sie, als seien sie soeben dem Titelblatt eines Jagdkatalogs entsprungen, so neu und steif hatte die Kleidung gewirkt. Wenn man von dieser Aufmachung auf ihre Jagderfahrung schließen durfte, konnte man als Revierinhaber schier das Fürchten bekommen. Immerhin schoss man auf Tiere und nicht auf Scheiben. Kein Wunder, dass man so jemanden nicht alleine ins Revier ließ.

Aber das war bei Gott nicht alles gewesen. Sie hatten sich zum späten Abendessen nicht umgekleidet, waren einfach in Jagdkleidung erschienen, in der sie den ganzen Tag herumgelaufen waren. Ein bedauerlicher Verfall der guten Sitten, hatte Tante Adele befunden. Kein Wunder, dass Jäger sich zunehmender Unbeliebtheit erfreuten.

„Tante Adele, sei nicht so ein Snob“, sagte Hanno und goss Milch in seinen Tee.

„Ich war in meinem ganzen Leben noch nie ein Snob“, schnaubte Tante Adele und legte weitere Tomaten und Champignons auf ihren Teller. „Wo bleiben denn eigentlich alle? Oder wird neuerdings auf den Zimmern gefrühstückt?“

„Wer zum Teufel sollte die Tabletts durch das halbe Haus schleppen? Das würde ich nur allzu gerne wissen!“, erwiderte Hanno.

„Seit wann fluchst du schon am helllichten Morgen? Deine Mutter dreht sich in der Gruft um! Sie hätte dir den Mund öfter mit Seife auswaschen sollen“, sagte Tante Adele und nahm am Tisch Platz.

Seine Mutter stamme nicht aus dem vorletzten Jahrhundert, sondern aus dem letzten, und solch abstruse Ideen wären ihr erst gleich gar nicht gekommen, ließ Hanno seine Tante wissen. Und überdies handle es sich bei diesen Gästen um sogenannte *zahlende Gäste*, Gäste also, die für einen Tierabschuss zahlten und dafür Gesellschaft und Familienanschluss geboten bekamen. Auch wenn es in Zukunft überlegenswert sei, hierfür einen Preis zu verlangen, eine Hotelkomponente sozusagen.

„Ach du Liebes“, meinte Tante Adele mit gleichmütiger Stimme, und fragte sich allen Ernstes, ob Fürchtenbert solches denn schon so bitter nötig hätte.

Grundgütiger, schimpfte Hanno, wie zum Teufel Tante Adele sich denn vorstelle, dass er diesen Kasten erhalte oder gar ihre Essensrechnung bezahle, wenn man schon beim Thema wäre, denn er gehe davon aus, dass sie ihnen sicherlich die nächsten zwei Wochen erhalten bleiben würde.

„Guten Morgen", wünschten da vier Stimmen. Die beiden Gäste-Ehepaare waren aus ihren Schlafzimmern ins Frühstückszimmer heruntergekommen, die Männer in grünkarierten Hemden, die Damen in Stöckelschuhen und hellen Hosen.

Tante Adele zog ein pikiert freundliches Gesicht, neigte kurz den Kopf, ließ ihren Blick an der Gruppe hinauf- und hinabgleiten und nahm Messer und Gabel zur Hand. Die drei anderen Familienmitglieder grüßten laut.

„Wir hätten gerne drei Mal Cappuccino und einen Espresso", sagte Herr Novak – denn so hieß das eine Ehepaar – zu Hanno Fürchtenbert und nahm am Kopfende des Tisches Platz, die drei anderen zu seinen beiden Seiten.

„Es steht alles am Buffet. Man braucht sich nur zu nehmen. Serviert wird abends und nur dann, wenn mehrere Gäste anwesend sind", erläuterte Tante Adele, lächelte säuerlich und schob einen Bissen Eierspeise in den Mund.

„Ich danke dir für deine klärenden Worte, Tante Adele", sagte Hanno.

Nora stand auf, fuhr mit der Rechten durch ihr kurzes, dunkles Haar und ging zum Buffet.

„Kommen Sie", forderte sie Herrn Novak auf und hob einen Deckel nach dem anderen von den Schüsseln, „hier finden Sie fast alles, was ihr Herz begehrt. Sollte es nicht da sein, so lassen Sie es mich wissen, dann versuchen wir das Unmögliche."

Und nun möge man sie entschuldigen, sie müsse in der Küche noch nach dem Rechten schauen.

Vor den Fenstern knirschte Kies. Ein Auto fuhr langsam an den Fenstern des Frühstückzimmers vorüber, was Tante Adele nicht wenig erboste. Ob man in diesem Hause denn ganz und gar nicht mehr in Ruhe frühstücken könne, wollte sie wissen.

„Simon Singer", sagte Hanno, erhob sich und warf seine Serviette neben seinen Teller. Den Tod, oder besser gesagt den Mord an seinem Verwalter wollte er vor Gästen nicht besprechen.

10

Jetzt bin ich schon so alt und muss mich noch immer wundern, wie verschieden blau der Himmel doch sein kann. Bei uns hier oben, wo ich über das ganze Tal seh, kann man das jeden Morgen beobachten. Manchmal, da gibt es ein Blau, das einem richtig zu Herzen geht. Und wenn es an manchen Tagen nichts Blaues zum sehen gibt, weil die Wolken gar so tief hängen oder es neblig ist, ist es noch allweil schöner als wie in der Stadt, wo man zwischen den Häusern gar nichts mehr sieht, einen kleinen Ausschnitt vielleicht, aber wie das Wetter in der nächsten halben Stunde werden wird, das sieht man nicht. Deswegen ist mein erster Weg jeden Morgen, wenn der Sohn mir die Krankenkassaschuhe angezogen hat, gleich nach draußen vor die Tür. Auch im Winter, wenn der Schnee liegt. Da geh ich ein paar Schritte oder ein paar mehr mit dem Wolfi, am liebsten bis zu meinem Platz bei den Haselstauden. Nur wenn der Schnee zu hoch liegt und noch keiner geräumt hat oder wenn es wie aus Schaffeln schüttet, dann lass ich das bleiben.

An dem Morgen war der Himmel von einem kalten Blau und ganz weit oben waren ein paar Schleierwolken. Da hab ich gewusst: Für die nächsten Stunden ist eine Ruh und das Wetter bleibt, wie es ist. Darauf vertrau ich mehr als wie auf die Ansage im Radio. Da bin ich nach meinem kleinen Spaziergang zu den Haselstauden gleich weiter zum Stall und hab die weiße Fahne aufgezogen, damit die Nachbarn von gegenüber das sehen können und sich zu Fuß auf den Weg machen, ihr Schwein bei uns abzuholen und dann am Strick nach Haus zu bringen. Eine gute halbe Stunde geht man bei ihnen runter und bei uns noch länger wieder rauf, und dann muss man das alles mit dem Schwein noch einmal gehen, und das geht dann nicht ganz so schnell, weil ein Schwein ein bissel neugierig ist und überall herumschnüffelt. Da kann man nicht stur geradeaus gehen.

Da hab ich mir gedacht, ich fang mit dem Quittengelee an, früher als wie sonst eigentlich, manches Mal hat es auch Ende Oktober werden können. Da hat mir der Sohn die drei Körbe mit den Quitten hingestellt, mehr ist es in dem Jahr nicht geworden, und in der Küche hat es dann geduftet. Mit der Schwiegertochter zusammen hat das nicht so lang gedauert, das Abwischen von den Quitten, das Zerteilen und das Weichkochen mit Wein und Zitrone. Dann waren wir für den Tag damit auch schon fertig, weil man das Ganze über Nacht stehen lassen muss. Die Patzerei mit dem Saft, die war erst für den nächsten Tag angesagt.

Dann haben die Meinigen sich auf den Weg zur Geländehütte hinauf gemacht, da geht man gut eineinhalb Stunden, und in dem Jahr war vor dem Winter nur mehr an vier Tagen ein Hüttenbetrieb. Wenn Schnee liegt, zahlt sich das nicht mehr aus, da kommt man kaum mehr rauf. Weg waren sie, und ich hab mir ein Polsterl genommen, weil es beim Sitzen schon frisch war, und mein Fernglasl dazu, und bin hinaus zu den Haselstauden. Unser Hund, der Wolfi, ist gleich mitgekommen. Eigentlich hab ich nix tun wollen und nur eine Ruh haben, aber es kommt immer anders, als wie man denkt, das hat schon die Großmutter allweil gesagt. Keine fünf Minuten bin ich gesessen, da ist schon jemand den Weg zu uns heraufgekommen. Und ich hab erst gleich gar nicht durchs Fernglasl geschaut, weil ich gehofft hab, dass die Person dann weitergeht. Aber da hab ich mich geirrt gehabt, gerade auf mich zugegangen ist die Person, und das war dann eine große Überraschung. Die Frau Lisi vom Kriminalinspektor Müller! Die Wangen vom Heraufsteigen so rosa wie im Frühling die Pfingstrosen in meinem Garten, das blonde Haar ein wengerl zerrauft, weil der Wind ein bissel gegangen ist, und ein fesches Lodenkostüm an, grad recht fürs Land.

Da bin ich aufgestanden und hab ihr ganz herzlich die Hand gedrückt, aber die Frau Lisi, die hat mich gleich in die Arme genommen und mich fest gedrückt. Da hab ich mich wieder erinnert, dass sie eine ganz eine romantische Seele ist. Eigentlich ein bissel zu romantisch für ihr Alter, das hab ich mir schon damals gedacht, wie es das Unglück im Herrenhaus gegeben hat, aber gesagt hätt ich das nie zu irgendwem, weil ich vom Tratschen nix halt.

Dann hab ich mich wieder niedergesetzt, weil die Frau Lisi nichts hat haben wollen, keinen Kaffee, keinen Saft und keinen Kuchen, weil sie gerade vom Frühstück aus dem Goldenen Hirschen gekommen ist. Am Nachmittag würd sie aber gern noch einmal mich besuchen kommen, weil sie jetzt ein bissel spazieren gehen würd, solang es noch trocken wär. Da hab ich schon seufzen müssen und gesagt, dass wir uns immer nur dann sehen, wenn in Neiselbach was passiert, und ob das damit zu tun hat, dass der Herr Kriminalinspektor Müller wieder zu uns gekommen wär, mit dem Herrn Sektionschef Doktor Sandor, weil ich den am Vortag mit dem Alois angerufen hätt. Der Singer-Simon wär ja ein gescheiter Bursch, aber Verkehrsunfälle wären halt mehr seine Spezialität, die Morde nicht so. Aber wenn das so weitergehen würd, könnt aus ihm auch noch ein Spezialist werden.

Geplant wär es nicht gewesen, hat die Frau Lisi da gemeint, aber mit einem Mal hätt der Müller in Wien gesagt, dass sie auf Urlaub fahren würden. Nach Neiselbach. Einfach so.

Und Müller hat sie ihn genannt, weil er seinen Vornamen Ignaz nicht leiden kann, daran hab ich mich noch erinnern können.

Dann hat sie nichts mehr gesagt, nur hinübergeschaut übers Tal, als möcht sie die moosgrünen Tannenwipfel drüben zählen. Da hab ich gewusst, es geht ihr nicht gut, weil sie eine Plaudertaschen gewesen ist, und die Leute sich nicht einfach so ändern. No, nicht ohne einen schweren Grund. Und zum Nicht-Reden hätt sie ja nicht zu mir heraufsteigen müssen. Aber der Moment war zum Plauschen sowieso kein guter, weil gerade da die Nachbarn von gegenüber die Straße raufgekommen sind, das Schwein abholen. Da ist die Frau Lisi aufgestanden und hat gesagt, sie kommt ein andermal.

Das war auch besser so, weil das mit dem Schweinabholen, das hat schon noch eine hübsche Weile gedauert. Gleich zu zweit sind sie gekommen, was gescheiter gewesen ist, weil man sich alleine, wenn es dann ein Gfrett geben sollt, gar nicht zu helfen weiß. Aber zuerst hab ich den beiden was angetragen, nach dem langen Weg zu mir herauf kannst ja niemanden so wegschicken, schon gar nicht, wenn man den ganzen Weg, ins Tal runter und wieder rauf, wieder zurück muss. Und bei uns hier in Neiselbach, da gehört sich das einfach, dass angetragen wird. Zeit genug zum Jausnen war ja, weil bis zum Schneeberg noch immer keine Wolken zum sehen waren. Und dann hat das Schwein gar nicht erst mitwollen, das wollt bei unserem Saubären bleiben, da hat es ihr besser gefallen. Das war ein jämmerliches Gegrunze, das glaubt man ja gar nicht – und da heißt es immer, die Tiere, die fühlen nix. Ich glaub, da haben wir noch viel zum lernen, und vielleicht wär das gescheiter als wie zum Mond rauffliegen, weil was man damit schon großartig anfangen sollt, bei uns herunten auf der Erde nämlich, das muss man mir erst einmal erklären.

No, einmal hat sich das Schwein noch losgerissen und ist zurück in den Stall zu dem unseren, dann ist es doch mitgelaufen, aber noch zwei Mal war das jämmerliche Grunzen bis zu mir herauf zum hören.

Dann hab ich mir gedacht, dass endlich eine Ruh sein wird, weil die Mittagszeit schon fast vorüber war, und ich geglaubt hab, dass schon alle bei Tisch sitzen werden oder mit ihrem Essen fertig sind. Mir wollt ich gar nichts richten, weil mir eine Krautsuppen am Abend gereicht hätt, und vielleicht ein kleines Stück Zwetschkenfleck zur Jausenzeit. Aber es ist wieder anders gekommen, als wie ich mir das vorgestellt hab. Zum Draußensitzen hab ich keine Lust mehr gehabt, der Wind ist ein wengerl stärker geworden. In meiner Küche war es schön warm und im Haus herrlich ruhig. Da hat plötzlich der Wolfi angeschlagen und gleich danach hab ich es klopfen hören. Und so gern, wie ich sonst Leut um mich mag, so wenig hab ich an dem Tag eine Lust auf Besuch gehabt. Sonst kann es schon passieren, dass ich mich vom Sohn zur Heidi ins Tal bringen lass, zum Dauerwellenmachen, sag ich dann, oder zum Haarschneiden, weil ich keinen Führerschein hab. Aber auch, weil sonst nicht gar so viele Leut bei uns vorbeikommen, nicht, wenn es zu heiß oder zu unfreundlich ist, und weil es bei der Heidi in der Frisurstube immer was Neues zum erfahren gibt.

Dagestanden ist wieder der Alois mit seinem speckigen Jagerhut und hat von einem Ohr zum anderen gegrinst. Da kannst so jemanden nicht wirklich wegschicken, nicht, wenn du weißt, dass er zuhaus niemanden hat, der ihm jetzt was Gescheites auf den Tisch stellt. Ich hab doch die Krautsuppen fertig gehabt und den Zwetschkenfleck, und gestört hat er auch niemanden, außer mir war ja keiner da. Und gut war es, weil der Alois was zum erzählen gehabt hat.

Aber das hat er mir erst gesagt, wie er die Suppen schon gegessen gehabt hat und ich ihm den Zwetschkenfleck mit einem Kaffee hingestellt gehabt hab. Dass er nämlich am Vormittag mit seinem Moped drüben in Fürchtenbert gewesen ist. Grad zur richtigen Zeit, grad dann, wie der Simon mit seinem Auto auch vorgefahren ist. Da ist der Hanno Fürchtenbert schon aus dem Haus herausgekommen, und alle sind gleich aus dem Auto ausgestiegen, der Herr Sektionschef, den Doktor Sandor mein ich, der Kriminalinspektor Müller, no, und der Simon sowieso. Und lustig war, dass der Hanno Fürchtenbert und der Herr Sektionschef sich gekannt haben, die waren sogar per du. Von Kindheit an haben die sich gekannt, hat der Alois gesagt.

Da hat der Hanno Fürchtenbert gefragt, ob es den Herren recht ist, wenn sie draußen vor der Tür weiterreden. Einen Kaffee oder sonst was könnte man drinnen dann noch trinken, aber jetzt derweil würden die Jagdgäste drinnen sitzen, und es wär ihm nicht so recht, wenn die alles mitbekommen würden. Nicht dass er was zum Verstecken hätt, aber die Leut würden allweil so viel reden und es käme nie was Gescheites dabei raus. Ihm persönlich tät das Ganze ganz furchtbar leid, weil der Leonhard nicht nur ein guter Verwalter gewesen wär, sondern auch ein toller Bursch.

Ja, genau so hat er es gesagt, der Hanno Fürchtenbert, hat der Alois erzählt und mit dem Jagerhut genickt.

Genau wegen dem wären sie gekommen, hat da der Singer-Simon gesagt, wegen dem Leonhard und wie er umgekommen ist, weil ihnen zu der Sache nicht allzu viel einfallen würd, im Moment halt, und dass der Fürchtenbert da vielleicht der Richtige wär. Ihnen wär nur einer in den Sinn gekommen, und darüber würden sie nicht reden wollen, weil es ein Amtsgeheimnis wär und sonst noch jemand in Verruf kommen würd. Und alles, was der Fürchtenbert sagen würd, würd man vertraulich behandeln, gelt, Alois, hat da der Singer-Simon zum Alois gesagt. Der hat sowieso ja gesagt.

Dass er es trotzdem mir erzählt, das macht nichts, weil ich sowas ja nicht weitererzählen würd.

Der Fürchtenbert hat dann gesagt, dass ihm auch nur einer einfallen würd, und das wär der Ritter-Poldi, der gleich am Ende von Neiselbach seine Wirtschaft hätt.

Wieso denn der, haben da die Herren wissen wollen, hat der Alois mir erzählt.

Wegen dem Wildern, hat der Hanno Fürchtenbert gesagt, und der Kriminalinspektor Müller hat die Augen nur so aufgerissen.

Das ist jetzt aber nicht wahr, hat er da gesagt, dass einer hier vielleicht erschossen worden ist, weil es mit einem Hirsch oder was Ähnlichem ein Spektakel gegeben hat.

Ein Spektakel wär das, so gesehen, ja keins gewesen, eher schon ein Elend, hat da der Singer-Simon gesagt, der, bevor er ein Gendarm geworden ist, schon immer durch und durch ein Jäger gewesen ist, weil früher einmal, da war das die Not, die die Leut zum

Wildern gebracht hätt, und vielleicht ein paar noch wegen der Leidenschaft. Aber heutzutage könnt man von Not wirklich nicht mehr sprechen, heut wär es nur noch die Leidenschaft, und manchmal überhaupt nur eine Gemeinheit. Und grad beim Ritter-Poldi wär das Letztere der Fall.

Ja, hat da der Fürchtenbert gesagt, der Singer-Simon hätt schon Recht, seit mindestens vier Generationen würd die Familie Ritter ihr Unwesen treiben, vielleicht sogar noch länger, nur auf frischer Tat hätt man nie einen erwischt. Sogar die Großmutter vom Poldi, wie sie schon weit über achtzig gewesen ist, hat überall herumerzählt, dass sie in den dreißiger und vierziger Jahren im November und Dezember auf den Schneeberg gamsjagern gegangen ist, und das Schönste nach so einem Abschuss, das war so ein Hörndl frisches, noch warmes Gamsblut, das sie dann getrunken hat, richtig gut getan hätt ihr das, so mitten im Schnee, richtig wild hätt sie nach so was werden können.

Und die Konsequenzen?, hat der Kriminalinspektor Müller gefragt, und da haben alle Herrn lachen müssen, hat der Alois erzählt. Auch der Herr Sektionschef, weil auch wenn er selber nicht auf die Jagd geht, seine Familie gehört zu den Jägern, das sieht man schon an der Ledernen von seinem Großvater, die er hier in Neiselbach immer anhat.

Dass jemand vor Jahrzehnten was geschossen hat, das kann man nimmer belangen, hat da der Singer-Simon gesagt, aber gewusst hat man von da an ganz genau, mit wem man es zu tun hat, mit einer rotzfrechen Bagage. Und dass der Enkel um nichts besser ist, das könnt man sich an fünf Fingern abzählen.

Da hat der Alois sein halbes Häferl Kaffee auf einen Sitz ausgetrunken, sich mit der rechten Hand über den

Mund gewischt und laut gelacht. Und ich hab mir gedacht, wie schnell doch so ein Mannsbild vergisst, dass bei der ganzen Geschichte wer ums Leben gekommen ist, der Leonhard nämlich, und dass es da, so gesehen, ja wirklich nichts zum Lachen gibt.

Die ganze Zeit hätt der Leonhard geahnt, dass der Ritter-Poldi im Revier herumgehen und immer wieder ein Stückel rausschießen würd, eine Rehgeiß, einen Rehbock oder eine Gams, hat der Hanno Fürchtenbert gesagt. Das hat der Alois mir auch weitererzählt. Die Hirschen und die Hirschkühe hätt er in Ruhe gelassen, wie willst denn die abtransportieren, da brauchst ja ein Auto dazu und wen, der dir beim Aufladen hilft, so schwer wie die Stückeln sind. Und wenn man sie alleine mit einer Seilwinde aufs Auto raufzieht, ist die Gefahr groß, dass dich wer erwischt, weil man dafür zu lang braucht. Aber letztes Jahr wär in der Brunft ein ganz ein guter Zwölfender angeschossen und verludert oben am Grad gelegen, da würd man als Revierinhaber und als ordentlicher Jäger schon die Freisen kriegen. Und der Leonhard wär fuchsteufelswild gewesen, sogar angezeigt hätt er den Poldi. Rausgekommen ist halt nichts, weil die ganze Familie Ritter zusammenhalten würd, Mischpoche hat er die genannt.

Wie soll auch was rauskommen, hat der Singer-Simon gesagt, wenn man keine Beweise hat.

Da wollte der Kriminalinspektor Müller wissen, wieso denn der Ritter-Poldi zu anderen Leuten ins Revier gegangen ist, der hätte doch bei sich selber hier am Land auch was schießen können.

Sowas kann wirklich nur fragen, wer sich mit der Jagd nicht auskennt, hat der Alois zu mir gesagt, und dem Kriminalinspektor hat der Singer-Simon erklärt, dass der Ritter-Poldi zum Jagdrevierpachten kein Geld hat und für eine Eigenjagd, die halt ihm allein gehören würd, zu wenig Grund und Boden.

Und da, mittendrinnen, hat der Kriminalinspektor so mir nichts, dir nichts zum Herrn Sektionschef gesagt, das haben sie aber nicht ernst gemeint, da beim Essen im Goldenen Hirschen, dass sie für immer dableiben wollen, oder?

11

Auf Fürchtenbert hatte man besprochen, was zu besprechen war, und Alois war auf seinem Moped bereits abgefahren. Dennoch hätte Hanno es begrüßt, wenn seine Tante Adele noch ein klein wenig länger im Haus verblieben wäre, zumindest so lange, bis die Herren sich auf den Weg zu Poldi Ritters Anwesen gemacht hatten. Denn dies hatten sie vor.

Hanno Fürchtenbert stand nicht der Sinn nach gesellschaftlichen Entrechats, nicht nach dieser ganzen Tragödie, deren Ausgang noch nicht abzusehen war. Doch Tante Adele, der Jagdgäste im Frühstückszimmer müde, war am Treppenabsatz aufgetaucht und hatte über das Blumenrondeau gerufen:

„Willst du mir die Herren nicht vorstellen?"

Was überflüssig war, die Herren waren ihr durchaus bekannt.

„Du solltest dich doch de temps en temps um diese Leute da im Frühstückszimmer bemühen", sagte Tante Adele zu Hanno und nestelte an ihrer Perlenbrosche. Man habe auf diesen hochhackigen Schuhen nach einem Aschenbecher gesucht, sich gar eine Zigarette anzünden wollen.

Wir sind doch in der Tat, hatte Tante Adele angesetzt und an dieser Stelle eine kunstvolle Pause eingelegt, ein Nichtraucherhotel.

Hannos nachlässige Frau Nora habe sich übrigens in der Küche verschanzt und ziehe das Studium des Menüplans mit der Köchin einer kultivierten Unterhaltung offenbar vor, der vertrottelte Cousin – und so nannte ihn Tante Adele tatsächlich – starre vor sich hin und die geschwätzige Cousine hielte den Kühen auf der Weide einen Vortrag. So sehe es zumindest aus.

Sie sei es ein wenig Leid, die Honneurs zu übernehmen, schließlich sei sie Gast, wenn auch Familie, und was, bitte schön, reiche man ihr in Kürze zum Déjeuner?

„Tatsächlich müssen wir aufbrechen", sagte Patrick Sandor und beugte sich über Tante Adeles rechte Hand.

Zum Anwesen Ritter konnte einen die Nase führen, das war in Neiselbach bekannt. Lediglich mit dem ersten Frost wurde der beißende Ammoniakgestank erträglicher. Anzeigen hatte es schon zahlreiche gegeben, geändert hatte sich nichts, und mittlerweile war davon auszugehen, dass alles so bleiben würde, wie es war. Wo es nichts zu holen gab, hatte der Kaiser sein Recht verloren.

Am Ende des Ortes führte die Hauptstraße mitten durch das Gehöft. Links von ihr lag hinter einem Gemüsegärtchen das Haus, rechts auf kleiner Böschung der Stall, in hellgrüne Folie gewickelte Heusiloballen lagen verstreut davor. Er war nicht alt, der Stall, doch baufällig, die Anhäufung von feuchtem Dung, den der Ritter-Poldi in den letzten Jahren wahllos gegen die Wände geschaufelt hatte, hatte die Bretter zum Morschen gebracht. Fetzen der Silofolie lagen im aufgeweichten Kuhmist, ein verwaister Traktor stand schräg auf einem Strohhaufen, aufgeschnürte Heuballen schwammen in trüben Pfützen. Es war ein Anblick, bei dem man nicht wusste, wo zuerst anzupacken war. Und Ritter-Poldi musste es ähnlich gehen, denn noch um Mitternacht sickerte hier nächtlich fahles Licht durch Bretterritzen.

„Manchmal kommst da um die Ecken, mitten in der Nacht, und der Ritter-Poldi steht mit seiner Anhängerkraxen mitten auf der Straßen, ohne Beleuchtung, ohne nichts – und das zu einer Zeit, wo du mit so was gar nicht rechnest. Und weiterbringen, wirklich was weiterbringen, tut er nicht, wie man ja sieht", sagte der Revierinspektor Simon Singer und stieg vorsichtig aus dem Auto. Gummistiefel trug er keine.

Was in Ritter-Poldis Kopf so vor sich ging, wusste man im Ort nicht zu sagen. Oft sah man seine Frau oder seine Tochter über die Mistberge klettern und mit dem Traktor planlos um den Stall herum reversieren. Für diesen Zweck hatte er seine Tochter sogar aus der Berufsschule genommen. Schon längst hätte der Stall in Ordnung gebracht werden müssen, der Winter stand vor der Tür, aber von Bemühungen in diese Richtung war nichts zu erkennen.

Vom Haus blätterte Mauerwerk ab, einen rohen Ziegelanbau hatte man vielleicht aus ebendiesem Grund gleich unverputzt stehen lassen. Die Fenster waren trüb, wo doch sonst in Neiselbach stets darauf geachtet wurde, dass sie in jedem Haus blank gerieben wurden.

Kriminalinspektor Müller hatte seine Autotür geöffnet und inspizierte kurz den Boden. Nur zwei Paar Schuhe hatte er nach Neiselbach mitgenommen, eines davon hatte er gerade an.

„Ins Haus geh ich lieber nicht rein", sagte Revierinspektor Singer. „So, wie's da drinnen ausschaut, will ich nicht einmal einen Schnaps haben."

Er konnte sich noch lebhaft erinnern, wie der Ritter-Poldi ihn eines Tages angerufen hatte, ein räudiger Fuchs sei durchs Fenster in den Keller gesprungen und habe sich hinter einer Kredenz verkrochen. Auf ihn schießen hätte Simon Singer sollen, so lautete das völlig abwegige Anliegen. Unerträglich – ja gar das Hörvermögen gefährdend – der Knall eines Schusses in einem geschlossenen Raum und überdies zu gefährlich, es sei nicht abzusehen gewesen, wo das

Geschoss, durch Hindernisse abgelenkt, womöglich eingedrungen wäre.

„Dabei war der Fuchs hinter der Kredenz mit den dreckigen Gläsern schon verreckt, aber der Ritter-Poldi wird sich sicher gedacht haben, dass das ganz gescheit ist, wenn er so tut, als könnt er sich nicht helfen, so wie einer halt, der von der Jagerei und einem Fuchs noch nie was gehört hätt. Zugeschmissen hat er die Kellertür hinter mir, als würd er sich fürchten, und dann hat er mich mit dem stinkenden Fuchs allein da drinnen lassen. Ersticken hätt man können bei dem Geruch, fast angespieben hätt ich mich. Danach ist er mir mit einem Selberbrennten gekommen, der mir das Wasser aus den Augen getrieben hat. So was passiert mir heut nicht noch einmal", sagte Revierinspektor Singer und ging auf die Haustüre zu.

Im Fenster rechts von der Tür brannte Licht, es musste jemand zuhause sein. In Neiselbach ließ man Licht nicht einfach brennen, eher drehte man keines an, auch wenn man zuhause war. Bis jetzt hatte sich allerdings niemand blicken lassen – das war ungewöhnlich. Hörte man in Neiselbach, dass sich ein Auto dem Hause näherte, blickte man immer aus dem Fenster. Man musste doch schließlich wissen, wer drinnen saß, auch wenn er gar nicht bei einem selber stehen blieb.

Auch nach energischem Klopfen kam niemand heraus, die Tür war abgeschlossen.

„Vielleicht durchstreift unser lieber Mitbürger mit dem Gewehr auf der Suche nach einem passenden Stück Wild die umliegenden Wälder", mutmaßte Sektionschef Sandor, „und es brennt Licht, als wäre jemand zuhause, der einfach keine Lust auf Gesellschaft hat."

„Und weswegen erwischt den keiner beim Wildern auf frischer Tat in all den Jahren?“, fragte Kriminalinspektor Müller.

Sehr weitläufig war das Tal doch nicht, ein Schuss musste weithin zu hören sein.

Das traf auch tatsächlich zu. Außerdem gelangte man heutzutage mit Forststraßen und Geländewägen im Handumdrehen in entlegene Winkel, wovon man früher nur träumen konnte. Da musste man nicht mehr vom Tal aus in die Berge aufsteigen, da stieg man ins Auto und fuhr die Schotterstraßen hoch. Früher einen Wilderer zu erwischen, war Glück und Zufall, wenn man sich gerade selber im Revier aufhielt und in der Nähe geschossen wurde, und manchmal auch ein Unglück, wenn der Wilderer keinen Genierer hatte und gleich auf einen anlegte, weil er an einer Gefängnisstrafe nicht interessiert war.

Und im Winter war der Aufstieg durch den hüfthohen Schnee geradezu eine Schinderei.

„Ich trau mich wetten, der Ritter-Poldi hat von dem Buch mit den Wilderer-Geschichten gehört,“ sagte Revierinspektor Singer, „da kommt so eine Geschichte nämlich vor, und von der muss ihm jemand erzählt haben, weil lesen ist nicht so wirklich seins. Da hat der Wilderer ein geladenes Gewehr an einen Ast geschnallt und einen mechanischen Wecker dazu, so einen altmodischen, der ein Ablaufwerk hat, wo sich hinten ein Schlüssel mitdreht, wenn er läutet. Und den Schlüssel hat der Wilderer mit einer Schnur an den Abzug gebunden, und wenn die Schnur sich aufgewickelt gehabt hat, dann hat es getuscht. So ein Gewehr findest ja wirklich nie, wenn es in einem Baum irgendwo im Revier hängt.“

In die Richtung, aus der der Schuss kam, war man im Geländewagen hastig aufgebrochen, was gar nicht so einfach war, weil nicht immer zweifelsfrei festzustellen ist, wo ein Schuss denn tatsächlich genau gefallen ist.

„Und kaum waren wir eine Weile in die Richtung unterwegs, hat's ganz woanders getuscht. Das war dann der richtige Schuss, mit dem ein Stückel Wild erlegt worden ist. Aber gleich kommst da ja nicht drauf, dass der erste Schuss einen eigentlich nichts angeht, weil erst der zweite zählt."

Drei Mal hatte man das Spiel mitgemacht, beim vierten Mal hatte man auf den zweiten Schuss gewartet. Aber da waren die Spielregeln bereits geändert worden. Nun war der erste Schuss jener gewesen, auf den es angekommen wäre.

„Und da hab ich mir gedacht, dass das mit der Geschichte aus dem Wildererbuch was zu tun haben muss. Aber – nicht bös sein –", sagte Revierinspektor Singer, „irgendwann einmal hängt dir das Ganze beim Hals raus und man hat ja auch was anderes zum tun, als im Wald herumzurennen und zu schauen, ob man über einen Wilderer stolpert."

Nur der Leonhard Goldbacher sei ein Unerbittlicher gewesen und von da an noch öfter in den Wald gelaufen, in der Hoffnung, den Ritter-Poldi dort einmal auf frischer Tat zu ertappen und zur Rechenschaft zu ziehen. Was ihm da genau vorgeschwebt sei, habe er nicht gesagt.

„Ein Michael Kohlhaas mit einem Wort", sagte Sektionschef Patrick Sandor.

„Ich weiß jetzt nicht, wen genau sie damit meinen", antwortete Revierinspektor Singer gelassen, „aber wie ich Sie kenn, haben Sie damit Recht."

12

Seine Entourage hatte Patrick Sandor zum Mittagessen geschickt. Er selber hatte keinen Appetit, das hatte er selten, wenn er nicht bester Stimmung war. Er würde Severin Goldbacher seine Aufwartung machen, so hatte er Müller und Singer verkündet, und man war nicht unglücklich gewesen, ihn nicht begleiten zu müssen. Simon Singer hatte Leonhards Vater schließlich bereits die Todesnachricht überbracht, und Müller, wenn auch ein guter Ermittler, war als Trostspender dürftig.

Sandors Begehr, Leonhards Vater zu kondolieren, entsprang jedoch weniger dem Wunsch nach gesittetem Anstand, als vielmehr dem, ein Gefühl für das Opfer zu entwickeln. Derzeit konnte er das nicht. Zu verwirrend erschienen ihm die verschiedenen Aussagen. Ein fescher, lustiger Bursch; kein Streithansel, aber ein Sturer, der nahe der Grundstücksgrenze eine Fütterung errichtet hatte, obwohl man solches tunlichst unterließ; der die Geschichte der wandernden Grenzsteine ungelöst stehen ließ, einen Wilderer jedoch aufs Unerbittlichste zu verfolgen suchte; ein guter Verwalter; einer, der eine unglückliche Ehe hinter sich und bedauerlicherweise keine Kinder hatte; der sein Amüsement anderorts suchte, obwohl da etwas gewesen sein sollte, wovon man nichts Genaues wusste, und er selbst nicht darüber gesprochen hatte.

Nun, Patrick Sandor gab einem Mordopfer niemals Schuld am eigenen Ermordetwerden, aber der Grund hierfür lag – davon war er zutiefst überzeugt – doch auch in der Persönlichkeit des Opfers verankert. Es sei denn, man war beklagenswerterweise zur falschen Zeit am falschen Ort. Wovon hier nicht die Rede sein konnte.

Der Goldbacher-Hof konnte sich sehen lassen, wenngleich das große Haus gewonnen hätte, wäre es in einer anderen Farbe als diesem nüchternen Grau gestrichen worden. Auch die obligaten Blumenkisten an den Fenstern fehlten, und Töpfe vor der Eingangstüre, in welchen so allerlei wuchs, suchte man ebenfalls vergeblich. Der Hof war penibelst aufgeräumt, nirgends standen verrostete, unbrauchbare Landwirtschaftsmaschinen in Ecken. Die Nebengebäude waren schmucklos, doch gründlich gekalkt.

Nur der alten Frau im Schürzenkleid, die eben in Pantinen aus der Stalltüre schlurfte, mangelte es offenbar an dieser Ordnungsliebe. Vogelfedern schmückten ihre wirr aufgesteckten Haare, die Vorderseite ihrer Kleidung war fleckig und zwischen Zeige- und Mittelfinger ihrer rechten Hand baumelte kopfabwärts ein nackiges Federvieh. Schon seit geraumer Zeit schien die Alte kein Gebiss mehr getragen zu haben, die Lippen zogen sich über den Gaumen in den Mund, von Zeit zu Zeit kaute sie zahnlos an der Innenseite ihrer Wangen.

Patrick Sandor, dem Auto entstiegen, gab sich zu erkennen und fragte nach Severin Goldbacher. Es war kein einfaches Unterfangen, die Alte war nahezu taub und überdies von ungefälligem Naturell. Patrick Sandors laut vorgetragene Bitte vernahm nach der dritten Wiederholung der Hausherr selbst und erschien daraufhin in der Tür. Seiner Cousine Burgi, denn ebendiese war die Alte, gab er mit dem Zeigefinger ein flüchtiges Zeichen, wohl in Richtung Küche, denn Severin Goldbacher, nach kräftigem Händedruck und einem gebellten Gruß, verkündete Vorfreude auf einen Schnepfendreck. Und obwohl schon Wilhelm Busch davon geschwärmt hatte, hätte Sandor ohne die Erzählungen seines Großvaters bei der Erwähnung dieses schon weitgehend vergessenen Gerichtes nicht gewusst, wovon die Rede war. Eingeweide einer Schnepfe, eben jener, die Cousine Burgi baumelnd dahingetragen hatte, mit Speck, Zwiebel und Kapern fein gehackt und mit Eigelb vermengt, auf geröstetes Weißbrot gestrichen und dann überbacken.

„Essen muss man", bekräftigte Severin sodann, als hätte Sandor ihm mangelndes Feingefühl in Hinblick auf den Tod seines Sohnes vorgeworfen. Dass der Vogel zu klein war, um diese Innereiendelikatesse mit einer zweiten Person zu teilen, schmerzte Patrick Sandor indes keineswegs. Aus dem Rest würde Frau Burgi wohl eine Suppe kochen – in einem Haus, in dem schon Krähensuppe zubereitet worden war, stand einer Schnepfensuppe nichts entgegen.

Severin Goldbacher musste einmal ein äußerst fescher Bursch gewesen sein, das konnte man sehen. Feine Schädelknochen, kräftiges Haar, das einmal schwarz gewesen, und bestrickend grüne Augen. Von seinem Vater hatte Leonhard diese Attribute also geerbt. Charmant, das war er hingegen nicht.

Auf Patrick Sandors Versuch, sich nochmals vorzustellen, winkte Severin kurz ab:

„Ich weiß schon, wer Sie sind", brummte er, „kommen S' weiter, Sie trinken sicher was."

Ein Bier wäre Patrick recht gewesen, doch Severin kredenzte Besonderes, einen selbstgebrannten Birnenschnaps, der Patrick Tränen in die Augen und Husten in die Kehle trieb.

Beileid hatte er schon zuvor gewünscht, Severin knapp gedankt. Nun saß man hier in der guten Stube auf der Holzeckbank und Patrick drehte sein kleines Schnapsglas hin und her. Angemessen Trost zu spenden oder es jedenfalls zu versuchen, wäre ihm bei einer weinenden oder zumindest klagenden Person leichter gefallen. Bei Severin schien jedes Wort des Trostes vergebene Liebesmüh, Hohn geradezu.

„Weswegen sind S' denn überhaupt zu mir herauf gekommen?", fragte da plötzlich Severin Goldbacher und schenkte noch einmal nach. Der Versuch, das Glas mit der Hand abzudecken, nützte Patrick Sandor nichts.

Die Frage machte vieles leichter, auf diplomatische Schachzüge konnte man nun verzichten.

„Wir müssen einen Mord aufklären, und je besser ich das Opfer sozusagen kennen lerne, desto leichter wird uns die Suche nach einem Motiv fallen", sagte Patrick Sandor und schob sein Glas ein wenig von sich weg.

„Da brauchen Sie nichts mehr aufklären, ich kann Ihnen auch so sagen, wer's gewesen ist, da brauchen wir keine Gendarmen und keine Kriminalpolizei dazu!", sagte Severin Goldbacher und stellte die Schnapsflasche mit lautem Knall auf den Tisch.

Und als Patrick Sandor fragend die Augenbrauen hochzog, hielt er nicht länger an sich:

„Der Ritter-Poldi, wer denn sonst?", rief Severin Goldbacher und starrte den Sektionschef aus grünen Augen an.

Langsam atmete Patrick Sandor durch die Nase aus. Über das Opfer hatte er mehr erfahren wollen, mit einer unverhohlen kriegerischen Anklage hatte er nicht gerechnet.

„Das vermuten Sie derzeit", sagte er daher konziliant, stützte die Ellenbogen auf, legte die Hände ineinander und stützte darauf sein Kinn.

„Das vermut ich nicht, das weiß ich!", bellte Goldbacher. „Da brauchen S' doch nur bei dem seinem Hof vorbeifahren, da sehen S' doch gleich, was das für ein Falott ist!"

Heillose Unordnung herrsche dort, er sei am Hof bereits vorbeigekommen, bestätigte Sandor, deswegen könne man aber nicht auf einen Mord schließen. Das sei nicht nur zu weit hergeholt, sondern auch unseriös, und ihn, den Herrn Goldbacher, würde er bitten, solches im Dorf nicht herumzuerzählen. Noch sei nichts bewiesen, Herr Ritter als unbescholten anzusehen, wenn auch ein wenig schlampig, und womöglich würde er, Herr Ritter nämlich, wenn ihm solches zu Ohren käme, klagen, und zwar auf Verleumdung.

Da zog Severin Goldbacher den Stöpsel nochmals aus der Schnapsflasche, füllte sein Glas bis zum Rand und stürzte den Inhalt in einem Zug hinunter, noch bevor er die Flasche wieder verschlossen hatte.

„Jeder, der ein Jager ist, weiß, dass es der Ritter-Poldi gewesen ist“, sagte Severin Goldbacher und wies mit seinem Kinn auf Patrick Sandors Beinbekleidung. „Sie sind doch auch ein Jager, das sieht man gleich an Ihrer Ledernen!“

Der Großvater sei einer gewesen, er selber nicht, murmelte Sandor und zog seinen Leinenrock zurecht, aber an Einwänden, welcher Art auch immer, war Goldbacher ohnedies nicht interessiert.

Einer, der im Revier einen Hirsch schießen und dann verludern lassen würde, weil er zum Abtransportieren zu schwer war, von diesem könne man im Handumdrehen einen Mord erwarten, befand Goldbacher.

Er sei nicht gekommen, um Theorien, wohlgemerkt Theorien, zu diskutieren, sondern um etwas über das Opfer zu erfahren, darüber, wie er denn so gewesen sei, der Leonhard, versuchte Patrick Sandor der Unterhaltung nochmals eine andere Richtung zu geben.

„Wie soll er schon gewesen sein?“, sagte Goldbacher. „Der Sohn war er halt“, fügte er nach einer kurzen Weile hinzu, „jetzt hab ich niemand mehr, nicht einmal einen Erben."

Ächzend wurde die Tür zur guten Stube aufgestoßen. Die Hände um einen wohlgefüllten Teller geklammert, rutschte Frau Burgi zum Esstisch. Federn und ein wenig Vogelflaum schwebten auf Holzdielen herab.

„Auch der Fürchtenbert-Hanno weiß, dass es der Ritter-Poldi gewesen ist, der den Sohn erschossen hat." Severin Goldbacher zog den Teller zu sich heran und betrachtete drei kleine überbackene Brote.

Der Hanno Fürchtenbert wisse rein gar nichts, sondern vermute bestenfalls, sagte Patrick Sandor mit Nachdruck. Und er selber könne sich mit dieser Vermutung bei Gott nicht anfreunden. Seit Jahr und Tag, so erzähle man, gehe die Familie Ritter der Wilderei nach, reichlich verwegen und ungeniert. Und jetzt plötzlich, ohne ersichtlichen Grund, sollte Herr Ritter dem Leonhard Goldbacher in aller Herrgottsfrüh im Wald nachgeschlichen sein und ihn neben der Fütterung erschossen haben. Mitten in der Hirschbrunft. Einfach so. Warum, um Himmels willen? Gab es außer der Wilderei noch weitere kriminelle Tätigkeiten des Herrn Poldi Ritter, die Leonhard Goldbacher bekannt gewesen waren, und wenn dies der Fall, wieso wusste kein Mensch davon? Deswegen, gerade deswegen, sei es so wichtig zu erfahren, wie Leonhard als Mensch gewesen war, denn nach Menschenermessen kämen noch andere Täter in Frage.

Severin Goldbacher schloss die Augen, presste die Lippen zusammen und schüttelte leicht den Kopf.

„Wie soll er schon gewesen sein", wiederholte er. „Da gibt es nichts zum sagen. Ein blödes Mensch hat er geheiratet, der Sohn, und deswegen ist er hier am Hof geblieben. Das wär mir ja noch recht gewesen, aber dass da keine Kinder kommen, hätt ich mir nie gedacht. Eines Tages war sie weg und erst dann ist herausgekommen, was für ein verlogenes Luder sie gewesen ist."

Darüber wolle er jetzt aber nicht mehr sprechen. Nur gehofft habe er, dass was Gescheiteres nachkommen würd, eine Frau, die zupacken kann. Aber der Leonhard hat sich nicht mehr geschaut um eine. Gspusis habe er schon gehabt, dazu sei er aber immer nach Wiener Neustadt hinausgefahren, hier in Neiselbach habe er nur mehr seine Ruhe haben wollen. Nur einmal, schon vor ein paar Jahren, da hätt Severin Goldbacher irgendwie das Gefühl gehabt, dass da was Neues gewesen sei, aber Genaues hätt er nie gewusst und der Leonhard hätt immer nur abgewunken und nie was dazu gesagt. Und dann sei er Verwalter beim Fürchtenbert-Hanno geworden, neben der Arbeit auf dem Hof halt, ein tüchtiger Verwalter noch dazu, der gut auf den Wald und aufs Wild geschaut habe.

Mehr schien Severin Goldbacher nicht sagen zu wollen, er streckte die rechte Hand aus und griff nach einem der drei überbackenen Brote.

„Was ist das für eine Geschichte mit den Grenzsteinen?", erkundigte sich Patrick Sandor. Severin zog seine Hand zurück und ließ das Brot auf dem Teller liegen.

„Was soll denn das heißen?", fragte er lauernd.

Heißen würde es in der Tat nichts, sagte Sandor, aber zu Ohren sei ihm gekommen, dass es wegen Grenzsteinen Unstimmigkeiten mit der Nachbarschaft gegeben habe, mit dem Herrn Karl Zwerschina. Der sich übrigens auch über die Fütterung alteriere, die zu nahe an der Reviergrenze errichtet worden sei, ebendort, wo auch Leonhard zu Tode gekommen war.

„Der war schon immer ein Trottel, der Zwerschina-Karl ", stellte Severin Goldbacher unumwunden fest.

„Das mag wohl sein, aber bei einer Mordermittlung kann ich mir diese schlichte Beurteilung eines Sachverhaltes oder einer Person bedauerlicherweise nicht leisten“, entgegnete Sandor ein wenig irritiert, „und gerade vorherige Streitigkeiten sind bei einem Mord in Erwägung zu ziehen.“

„Die Geschichte ist schon so alt, dass sie nicht einmal mehr wahr ist, die mit den Grenzsteinen“, sagte Severin Goldbacher und schob den Teller von sich. „Da sind sich schon die Großeltern in die Haar gelegen dessentwegen, da braucht man sich nimmer aufregen, das war schon immer so und das wird auch immer so bleiben. Aber erschossen wird deswegen keiner, das können S’ mir glauben.“

Sein Wort in Gottes Ohr, wünschte ihm da Patrick Sandor und erhob sich.

Es war hier nichts mehr auszurichten und von seinem Sohn wusste Herr Goldbacher rein gar nichts zu erzählen. Neue Erkenntnisse hatte Sandor nicht gewonnen. Jeder Versuch, sich von der Person Poldi Ritter als präsumtivem Mörder zu distanzieren, wurde von Severin vom Tisch gefegt, davon hatte sich Patrick nun überzeugen können.

„Wegen seiner grünen Augen wird man ihn denn doch nicht erschossen haben“, sagte Sektionschef Sandor noch und wünschte Severin Goldbacher eine gesegnete Mahlzeit.

Da nahm Severin den Teller mit den überbackenen Schnepfendreck-Broten und hielt ihn Sandor unter die Nase.

„Wollen S’ das haben? Jetzt ist mir das Essen vergangen!“

13

Der Schweinsbraten hatte vorzüglich gemundet. Simon Singer hob sein Krügel Bier und prostete Kriminalinspektor Müller und Frau Lisi zu. Müller hatte auf das obligatorische Würstel mit Saft verzichtet und das war gut so. Schweinsbraten gab es im Goldenen Hirschen zumeist an Wochenenden, wenn mit mehreren Besuchern zu rechnen war. Für die Weißweinroutiniers, die täglich kamen, um an der Schank ein paar Achterln Wein zu konsumieren, machte sich der Aufwand nicht bezahlt.

Man hatte in einer Sitzecke des großen Speisezimmers Platz genommen, in der holzgetäfelten Stube des Goldenen Hirschen war an dem Tag ein einziges Kommen und Gehen, obwohl es an Samstagen sonst ruhiger zuging. Der Mord und das Opfer hatten die Dorfbewohner angelockt, man diskurrierte laut und mit viel Engagement. Frau Lisi war ihrem Müller auf der Holzbank näher gerückt, ganz so, als würde der Lärm aus dem Nebenzimmer sie erschrecken. Dabei war es Müllers heiterer Gesichtsausdruck, der sie anzog. Und als er leise pfeifend den Radetzkymarsch intonierte, schob sie ihre Hand in seine. Sie konnte sich nicht erinnern, wann er sie das letzte Mal so vergnügt angesehen hatte. Mit dem dürftigen Ermittlungsstand in diesem Mordfall konnte das nichts zu tun haben.

„Aus euch wird ja noch was, wie man sieht“, lachte Simon Singer und hob noch einmal sein Krügel.

Und dass Müller nicht vehement widersprach, ließ Frau Lisi von neuem auf eine glückliche Zukunft hoffen.

Es währte nicht lange, da kam Patrick Sandor vom Goldbacher Hof in den Goldenen Hirschen.

„Grundgütiger!“, war das Erste, was man von ihm zu hören bekam, als er Platz genommen hatte.

„So schlimm war's?", fragte Revierinspektor Singer mitfühlend. „Hat er sich so aufgeführt?"

„Der Schnaps war eine einzige Zumutung!", seufzte Sandor und öffnete die Speisekarte. Appetit hatte er noch immer keinen. Die Stimmung seiner Entourage mochte gehoben sein, von seiner eigenen konnte man solches nicht behaupten. Es stand zu befürchten, dass Karl Zwerschina, den der Revierinspektor ebenfalls auf seinem Hof aufzusuchen gedachte, ähnliches anbieten würde – einen Selbstgebrannten, im Schupfen hinter dem Kuhstall entstanden.

Schließlich ließ sich Sandor bringen, was man ihm empfahl. Einen Schweinsbraten, der über Stunden bei mäßiger Hitze im Rohr des Holzofens ausgebraten worden war. Die Wahl war trefflich; kaum war der Teller leer gegessen, bat Patrick Sandor um ein Supplement.

14

Karl Zwerschina war ein ordentlicher Mensch. Das erkannte man, wenn man sich seinem Hof näherte. Keine schiefen Zäune, keine herabhängenden Latten oder abgerissener Stacheldraht, der Stall frisch gekalkt, die Tore dunkelbraun gebeizt, das Haus hellblau verputzt, die Scheiben der Fenster so blank gerieben, dass man glauben konnte, sie stünden offen. In die Blumenkisten hatte man in Erwartung der kommenden Wintertage statt der sonst üblichen Pelargonien Erika gepflanzt. Herr Zwerschina war auf seinem Anwesen ganz offensichtlich nicht alleine zugange, eine helfende, weibliche Hand stand ihm zur Seite. Er selbst stand auf dem Stiegenabsatz vor der Türe, das grünkarierte Hemd bis zur Kehle zugeknöpft, die blonden Haare akkurat gescheitelt. Er drückte den drei Männern fest die Hand, gab gleich hinter der Eingangstüre Filzpantoffeln aus und bat sie weiter in die Küche. Die Abstellflächen waren leer, kein Topf oder Teller stand herum, und als Karl Zwerschina Getränke anbot, lehnte man dankend ab. Diese Ordnung wollte niemand stören.

Es verstand sich von selbst, dass Zwerschina wusste, warum man gekommen war. Vielleicht nicht en détail, aber man lebte schließlich in Neiselbach. So kurz nach einem Mord lag auf der Hand, dass der Revierinspektor, der Kriminalinspektor und der Herr Doktor Sandor aus Wien in ebendieser Causa unterwegs waren. Wobei Karl Zwerschina sich über den Aufgabenbereich des besagten Doktors aus Wien nicht ganz im Klaren war.

„Wie kann ich helfen?“, fragte er daher dienstbeflissen. Simon Singer, der ihn schon ganz anders erlebt hatte, nämlich in kleinkarierter Aufgeregtheit, war überrascht.

„Lass uns mit den Grenzsteinen anfangen“, sagte er, lehnte sich in seinem Sessel zurück und verschränkte die Arme vor der Brust. Wenn es nach ihm ginge, könnte man den Karl ohne viel Federlesen gleich mitnehmen, so fest war er davon überzeugt, dem wahren Täter gegenüber zu sitzen. Aber Intuition, Gefühl und dergleichen hatten in einer Ermittlung nichts verloren, beweisen musste man alles können oder ein Geständnis haben oder auch jede Menge Indizien. Der Staatsanwalt würde keinen Spaß verstehen, wenn man ihm mit so etwas die Zeit stahl und den Zwerschina auf Staatskosten zwischen Neiselbach und Wiener Neustadt im Streifenwagen hin- und herchauffierte.

„Wer lasst denn fragen?“, entgegnete Karl Zwerschina und zog ein zuvorkommendes Gesicht. „Auf der Grundgrenze liegen sie, die Grenzsteine, und das seit Jahr und Tag.“

„Das weißt doch selber am besten, dass die dir nicht passen, weil gerade diese Grenzsteine Füße haben und herumwandern, wie du immer sagst. Das hast doch schon einem jeden hier im Tal erzählt, ob er es hören wollt oder nicht“, sagte Revierinspektor Singer.

„Was man halt so daherredet im Wirtshaus, wenn es spät wird und man ein wengerl was getrunken hat“, sagte Karl Zwerschina und grinste, „einen Spaß wird man ja wohl noch machen dürfen. Oder hast du schon einmal Grenzsteine mit Füß gesehen?“

„Und das mit der Fütterung, das ist auch so ein Spaß, gell?“, hakte Simon Singer nach.

„Was soll denn mit der jetzt nicht stimmen?“ Zwerschina riss erstaunt die Augen auf.

„Passt schon!“, antwortete Simon Singer verärgert, der den Herrschaften aus Wien einen möglichen Täter hatte vorführen wollen. Wieso die beiden anderen Herren, Müller nämlich und Doktor Sandor, schwiegen, war ihm ein Rätsel.

Hier würde man an diesem Tag nicht weiterkommen. Aus der sturen Freundlichkeit des Herrn Karl Zwerschina ließ sich eine mögliche Schuld nicht ableiten, daran war im Moment nicht zu rütteln.

„Dann tun wir weiter!“, sagte Revierinspektor Singer forsch, klatschte mit beiden Handflächen auf die Tischplatte und stand auf. Auf Filzpantoffeln rutschte man ins Vorzimmer, schlüpfte in Straßenschuhe und verließ das Haus. Karl Zwerschina wagte sich in seinen Pantoffeln bis auf den Fußabstreifer vor die Eingangstüre, wartete, bis alle im Auto Platz genommen hatten, und winkte ihnen bei der Abfahrt fröhlich nach.

„Da hab ich mich da drinnen ja richtig zum Deppen gemacht!“, grollte Simon Singer und legte den zweiten Gang ein.

Patrick Sandor, der am Beifahrersitz saß, drehte sich um und blickte durch die Heckscheibe. Die Stalltür stand jetzt offen, eine männliche Gestalt war herausgetreten. Da warf Karl Zwerschina die Arme in die Höhe, ballte die Fäuste und riss seinen Mund weit auf, krebsrot im Gesicht. Zu hören war von seinem offensichtlichen Gebrüll im davonfahrenden Fahrzeug nichts, und als Revierinspektor Singer die erste Kurve nahm, war auch er nicht mehr zu sehen.

„Nein, ich glaube nicht, dass Sie sich blamiert haben, aber für Unruhe haben Sie gesorgt“, sagte Sandor, „Herrn Karl Zwerschinas Contenance liegt in extremis.“

15

Eigentlich hab ich ja geglaubt, dass der Herr Sektionschef, der Doktor Sandor, ein wengerl früher zu mir rauf kommen würd, und nicht erst dann, wenn es richtig frisch geworden ist und die Wolken am Himmel sich schon wieder zugezogen haben, wenn man zum Schneeberg hinübergeschaut hat. Und die Frau Lisi, die am Nachmittag vorbeischauen hat wollen, hat auch nicht heraufgefunden. Aber die war vielleicht spazieren mit ihrem Kriminalinspektor Müller, und wenn die sich nicht ein bissel Zeit füreinander nehmen, hätt sie ja gleich in Wien bleiben können. Das Schwein vom Nachbarn hat ja auch nicht wegwollen von unserem Saubären, die Viecherln sind da gescheiter und ehrlicher, die tun sich nicht hinter dem, was man so daherredet, verstecken.

Und wie ich auf den Herrn Sektionschef Sandor gewartet hab, hab ich mich erinnern können, dass ich ihm damals, wie wir uns zum ersten Mal begegnet sind, gesagt hab, dass wir es hier in Neiselbach immer so ruhig haben. Manchmal ein wengerl zu ruhig, weil nie irgendwas passiert. Dabei hat das damals schon nicht gestimmt. Wenn man wirklich zurückdenkt, dann passiert doch immer irgendwas, nur vergisst man das so schnell. Und das muss auch so sein, so denk ich mir das halt. Weil wenn jeder Mensch sich alles genau merken würd, was ihm selber und um ihn herum passiert ist, und das sein ganzes Leben lang, er das gar nicht aushalten könnt.

Eine Kaffeetasse und einen Kuchenteller vom guten Geschirr hab ich auf den Tisch gestellt, den Apfelstrudel aus der Speis geholt und einen Kaffee aufgesetzt, damit ich nicht mehr herumrennen muss, wenn der Herr Sektionschef Sandor kommt. Meine Schürze hab ich ausgezogen. Das Geschirr verwend ich nicht mehr oft, weil es aus Steingut ist, und die Schwiegertochter es immer in den Geschirrspüler stellt, wo ich es doch lieber mit der Hand wasch. Jedes Mal, wenn sie es aus der Maschine holt, hat es mehr Sprünge. Weil es ein lebendiges Material ist, sagt dann die Schwiegertochter. Das mag schon sein, aber interessieren tut mich das Lebendigsein bei einem Geschirr nicht wirklich, dafür hab ich es oben in den Schrank getan und hol es nur noch heraus, wenn es ein wengerl nobel sein soll.

Und dann, dann war es so weit, der Wolfi hat zum bellen angefangen und ich hab gewusst, da ist jetzt ein Auto gekommen, das unser Hund nicht kennt.

Ich war so überrascht, das kann man sich gar nicht vorstellen, weil der Herr Sektionschef mir eine Bonboniere mitgebracht hat, eine große, so eine, die man sonst zu Weihnachten oder zum Geburtstag geschenkt bekommt. Er ist halt ein ganz ein feiner Herr, über den lass ich nichts kommen. Zuerst hat er gar nichts zum essen, ja nicht einmal zum trinken haben wollen. Er würd gerade vom Goldenen Hirschen kommen, hat er gesagt, und beim Goldbacher-Severin hätt er einen Schnaps trinken müssen.

Da hab ich gelacht, weil wir in Neiselbach alle wissen, dass der Goldbacher den schlechtesten Selberbrennten von alle hat, einen richtig giftigen, einen Rostlöser, wie die Mannsbilder bei uns sagen. Aber der Goldbacher merkt sowas ja gar nicht, dem schmecken die komischsten Sachen. Da braucht man nur an das ganze Federvieh denken, das der allerweil verschluckt. Das Gescheiteste wär gewesen, wenn der Herr Sektionschef gleich ein Stamperl von unserem Marillenschnaps getrunken hätt, aber schon beim Nur-daran-Denken hat es ihn fast geschüttelt. Aufgeschoben ist nicht aufgehoben, hab ich da gemeint, das hat die Großmutter auch allweil gesagt. Zuerst hat er mir ja noch so einiges erzählen wollen.

Wie er nämlich beim Goldbacher-Severin gewesen ist und die Burgi dem die Schnepfen hergerichtet hat in ihrer dreckigen Schürze, und wie der Goldbacher dann richtig stur geworden ist wegen dem Ritter-Poldi, den er für den Mörder hält. Und wie der Zwerschina-Karl zuerst im Haus ein ganz ein Ruhiger gewesen ist, fast schon ein wengerl so, als würd er den Singer-Simon für dumm verkaufen wollen, und erst wie die drei im Wegfahren gewesen sind, auf einmal richtig fuchsig geworden ist. Zu einer Männergestalt, die aus dem Stall gekommen ist. Mehr hat der Herr Sektionschef Sandor dazu nicht sagen können, aber mehr hab ich dazu auch nicht hören müssen. Weil ich genau gewusst hab, wer da aus dem Stall gekommen ist.

Der Vinzenz, hab ich da gesagt.

Und dann hab ich lachen müssen, weil der Herr Sektionschef mich mit großen Augen angeschaut hat, so ist es mir vorgekommen. No, der Sohn halt, hab ich dann gesagt, dem Zwerschina-Karl sein Sohn, der jetzt siebzehn ist und neben der Schule ein wengerl mithilft am Hof. Und in die Schule würd er gehen, weil seine Mutter das so wünscht. Wenn sie sich vom Mann sonst so einiges gefallen lassen tät, da hat sie sich durchgesetzt, dass der Bub nämlich was lernen soll und vielleicht später was studieren.

Wie am Spieß hätt er geschrien, hat da der Sektionschef gesagt, wo er doch eben vorher im Haus so ruhig gewesen wär, und ob er den Buben, den Vinzenz, immer so anschreien würd. Wobei, es könnt ja sein, dass der an dem Tag wirklich was ganz besonders Blödes angestellt hätt, Siebzehnjährige könnten ja manchmal anstrengend sein. Aber komisch ist es ihm trotzdem vorgekommen.

No, hab ich da gesagt, oft hat man ja nicht das Glück, dass man dem Zwerschina-Karl sein zweites Gesicht zu sehen bekommt, der würd sich sonst zusammenreißen. Der könnt schon ganz schön aufsässig werden. Der Singer-Simon wird ihm halt arg zugesetzt haben, weil er den ums Verrecken nicht leiden kann. Dass grad der in sein Haus gekommen ist mit zwei anderen, einfach so, um ihn auszufratscheln, das wird ihm gereicht haben, auch wenn er sich nicht gleich was anmerken hat lassen. Zum Vinzenz ist er aber schon von Anfang an komisch gewesen, schon wie der noch ein kleiner Bub gewesen ist. Manche Leut taugen nicht als Eltern, hab ich gesagt, und der Zwerschina-Karl muss so einer sein. Ein Glück, dass nach dem Vinzenz nichts mehr nachgekommen ist. Wenn einem ein Kind schon zu viel ist, soll man es besser bleiben lassen.

Vielleicht würd er jetzt doch einen Kaffee und ein kleines Stück Apfelstrudel nehmen, hat da der Herr Sektionschef Sandor gesagt, und ich hab mich gefreut, weil sich das gehört, dass man was antragen tut. Wenn dann der Gast gar nichts nimmt, hab ich immer ein schlechtes Gewissen. Und mit mir noch ein wengerl plaudern, das wollt er auch, weil ich alle im Ort gut kennen würd und er sich bei mir drauf verlassen könnt, dass ich nichts austratsch. Das hat er schon beim letzten Mal gesehen gehabt.

Und dafür hab ich, wie ich ihm alles gerichtet gehabt hab und mir auch noch ein Häferl mit Milchkaffee genommen, erst einmal nachgefragt, ob sie sonst noch bei jemand gewesen wären, außer bei dem Sturen und dem Aufsässigen.

Beim Ritter-Poldi hätten sie es auch noch probiert, aber da wär keiner daheim gewesen, oder besser gesagt: Da hätt keiner aufgemacht. Und ob ich vielleicht noch eine Idee hätt, außer der Jagd und den Grenzsteinen, weil ich doch alles hier kennen würd, die Örtlichkeit und die Menschen und alles. Das hat der Herr Sektionschef Sandor wirklich gesagt – ich glaub, ich bin fast ein bissel rosa geworden, und das auf meine alten Tag.

Die Weiblichkeit, hab ich da gesagt.

Die Weiblichkeit, hat er wiederholt und die Stirn gerunzelt. Wieso Weiblichkeit? Der Singer-Simon hätt gesagt, dass der Goldbacher Leonhard sich hier im Ort nichts angefangen hätt. Bis nach Wiener Neustadt hinaus gefahren wär er, aber nach Haus gebracht hätte er nach der verpatzten Ehe keine mehr.

Der war doch so ein Fescher, hab ich gesagt, Augen wie ein Weibsbild und herrlich schwarze Haar. Oft hab ich ihn ja nicht gesehen, in der Kirche am Sonntag, in der Messe, oder wenn was Besonderes los war. Eine Hochzeit oder ein Begräbnis oder ein runder Geburtstag, ein Jubiläum halt. Ich würd ja nicht mehr so viel herumkommen. Und die Blicke, hab ich zum Sektionschef gesagt, die man dem Leonhard da zugeworfen hat, die hat man nicht nur sehen können, nein, richtig gespürt hat man die.

16

Tante Adele war derangiert. Draußen war es bereits dunkel geworden, und von der Familie, diesen unglaublichen Gästen, die man vielleicht – oder hoffentlich – im finsteren Wald auf einem Hochstand vergessen hatte, und von den Bediensteten ließ sich keiner blicken. Nicht, dass auf Fürchtenbert noch großartig Personal beschäftigt wurde. Die Zeiten hatten sich geändert, daran war nicht zu rütteln, es gab kein Stubenmädel, keine Zofe und auch keinen Butler. Und *damals*, daran zweifelte Tante Adele keine Sekunde, hätte ein Verwalter nicht im Entferntesten die Rücksichtslosigkeit besessen, sich während einer Jagdeinladung in seinem Wald erschießen zu lassen. Man war eben gedankenlos geworden.

Tante Adele nestelte an ihrer Perlenbrosche, zog die Wangen zwischen die Backenzähne und hob die Augenbrauen. Vor nahezu zwei Stunden hatte sie noch miterlebt, wie ihr Neffe Hanno ins Auto gesprungen und davongebraust war. Zu diesem unglaublichen Poldi Wer-auch-immer, der angeblich nicht aufzufinden war. Wozu man zum Haus von jemandem fuhr, der ohnedies unauffindbar war, entzog sich ihrem Verständnis. Tatsächlich hatte sie Hanno im Verdacht, sich der Verantwortung zu entziehen, dafür zu sorgen, dass ein anständiges Diner auf den Tisch kam. Hierfür hielt sie sich schließlich auf Fürchtenbert auf – bei Gott nicht wegen der Gesellschaft. Denn, abgesehen von diesem Hotelgetue, waren der vertrottelte Cousin und die geschwätzige Cousine ebenso wenig nach ihrem Geschmack, und diese Attitüde von Hannos Frau Nora, mit dem Küchenpersonal zu fraternisieren, statt sich hier im Salon aufzuhalten und eine anständige Konversation zu führen, konnte und wollte sie nicht nachvollziehen.

Nun, sie für ihren Teil war bereits umgezogen, denn nichts und niemand würde sie dazu bringen, sich in ihrem Tweedkostüm zu Tisch zu setzen. Auch wenn es kein Diner geben sollte, denn so peu à peu sah es ganz danach aus.

Da hörte sie vor den Fenstern Autotüren schlagen. Dass ein Fahrzeug vorgefahren war, hatte sie vordem nicht vernommen, nun waren Stimmen zu hören. Hanno und seine Jagdgäste. Tante Adele, die aufrecht in ihrem Fauteuil saß, rückte noch ein wenig weiter auf der Polsterung vor, machte einen geraden Rücken und hob leicht das Kinn. Niemand hatte sie jemals lümmeln sehen.

Hanno schlug seinen Gästen vor, die Kleidung vor dem Diner zu wechseln, das konnte sie hören, denn die Salontüre zur Halle stand offen. Man lehnte leutselig ab. Tante Adele lächelte säuerlich und auch befriedigt – es macht doch Freude, wenn man nicht geirrt.

„Ein Drink wäre was Nettes“, sagte der Gast, der als Erster in den Salon kam, „so viel Zeit werden wir vor dem Essen schon noch haben.“

„Wer weiß, ob es so schnell was geben wird, riechen tut man hier im Wohnzimmer noch nichts“, kicherte seine Ehefrau.

In einer Zwei-Zimmer-Gemeindewohnung könne man Gekochtes wohl tatsächlich überall riechen, ließ sich da Tante Adele vernehmen, solches wäre auf Fürchtenbert schwer möglich, und so etwas wie ein Wohnzimmer habe es hier noch nie gegeben. Und sie selbst, Tante Adele lächelte an dieser Stelle zuvorkommend und legte den Kopf ein wenig schief, habe in ihrem ganzen Leben nie in so etwas gewohnt. Und niemand, bei Gott niemand, würde sich bereits um diese Zeit zu Tisch setzen, es sei denn, man wäre den Kinderschuhen noch nicht entwachsen. Sieben Uhr, du liebe Güte.

Hanno schloss kurz die Augen und atmete durch die Nase ein. Die Jagd war erfolglos verlaufen, die Gäste hatten an diesem Samstag wieder kein Weidmannsheil gehabt. Das war unangenehm, vor allem bei zahlenden Gästen, die zumeist eine angespannte Erwartungshaltung an den Tag legten, und noch mehr, da man am Vortag den Verwalter erschossen, der mit schwierigen Gästen glänzend umzugehen gewusst hatte.

Man könne sich jederzeit zu Tisch setzen, wann immer es gewünscht, sagte Hanno und reichte dem durstigen Gast einen Gin Tonic. Es gäbe Tafelspitz mit so allerlei, er müsse nur kurz in der Küche Bescheid geben.

Durch die Dunkelheit vor den Fenstern schlängelte sich Scheinwerferlicht, ein Auto kam die Auffahrt heraufgekrochen. Tante Adele lächelte entzückt. Aus einem Essen zu einer für Kinder angemessenen Zeit würde wohl doch nichts werden, Hunger hin oder her.

Dem Wagen entstieg Patrick Sandor, der vor seinem Besuch im Goldenen Hirschen noch kurz vorbeischaute. Er beugte sich über Tante Adeles rechte Hand, einen Drink lehnte er ab. Schnaps, Kaffee und Apfelstrudel, dann noch ein Abendessen mit seinem Müller und Frau Lisi, vielleicht auch Simon Singer, man konnte nicht von allem im Leben haben.

Er wollte nur wissen, ob jener Leopold Ritter schon aufgetaucht sei, vor allem aber Hanno von einer neuen Idee berichten. Er fasste ihn am Oberarm und schob ihn zum Fenster. Was, wenn gar nicht die Jagd, sondern die Weiblichkeit schuld am Tod des Leonhard Goldbacher gewesen war?

Leopold Ritter sei nach wie vor verschwunden, aber morgen, beim Erntedankfest in der Kirche, stünden die Chancen gut, ihn anzutreffen, gab Hanno Auskunft und wollte wissen, wer um alles in der Welt Patrick den Floh mit der Weiblichkeit ins Ohr gesetzt habe.

Informanten gebe man prinzipiell nicht preis, aber was Hanno ganz allgemein davon halte, erkundigte sich Sandor.

Rein gar nichts hielt Hanno davon und schüttelte den Kopf. Hirngespinste seien das, fügte er noch hinzu.

„Sie sind die Landluft ja vielleicht gewöhnt, aber wir haben da draußen an der frischen Luft einen ordentlichen Hunger bekommen", meldete sich erneut der Gast zu Wort. Er gesellte sich zu Hanno und Patrick, nahm einen letzten Schluck Gin Tonic. „Auf was sollen wir eigentlich noch warten? Reden können wir auch beim Essen!"

Patrick Sandor beugte sich über Tante Adeles rechte Hand.

„Hanno! Zwanzig nach sieben!", schnarrte sie und lehnte sich beinahe an ihrer Fauteuillehne an.

17

„Bist du glücklich?“, fragte Lisi ihren Müller und meinte es wahrhaftig.

Man war durch ein wenig Wald spaziert, dann zum Goldenen Hirschen zurückgeschlendert, und Müller hatte immer wieder den Radetzkymarsch angestimmt, ein Zeichen, dass er mit sich im Reinen war. Doch Lisi verließ sich nicht darauf. Hatte Müller nicht auch gewollt, dass sie zu ihm in die Wohnung in der Ausstellungsstraße zog? Hatte er sie nicht dazu überredet, die kleine Wohnung, in der sie mit ihrem Mann gelebt hatte, aufzugeben? Liebeseide hatte er indes keine geschworen, das war auch nicht seine Art. Müller war kein romantisches Gemüt, aber auch solche Menschen konnten lieben, davon war Lisi denn doch überzeugt.

Was war so furchtbar daran, wenn man sich von dem Menschen, den man liebte, ein Kind wünschte? Wenn Lisi sich zurückerinnerte, war das Bekennen ihres Kinderwunsches wohl der Moment gewesen, an dem alles begonnen hatte. Das Unheil, wie sie es im Stillen nannte. Ein Wort, das sie in diesem wunderbaren Film, den sie letzte Woche mit ihrer Freundin im Kino gesehen hatte, vernommen, und das sie durchaus treffend fand.

„Bist du glücklich?“, wiederholte Lisi unsicher.

War Müller nicht auch von ihren Kochkünsten geradezu hingerissen gewesen? Waren nicht ihre Würstel mit Saft die besten, die er jemals in seinem Leben gegessen hatte? Zumindest hatte er das behauptet. Und was war schlecht daran, von Zeit zu Zeit etwas anderes auf den Tisch zu bringen? Sie gestand sich ein, dass die Idee mit der Fischsuppe eine üble gewesen war. Sie hätte vorher fragen sollen, ob Müller überhaupt Fisch aß, bevor sie ihm einen Kopf mit trüben Augen in seinem Suppenteller servierte. Aber immer und ewig nur Würstel mit Saft? Sie hatte kulinarisch durchaus mehr zu bieten. Wieso musste er um sechs Uhr in der Früh den Staubsauber durch die Wohnung schieben? Wieso das Badezimmer verriegeln, wenn er drinnen ein Schaumbad nahm? Und wieso rot werden, wenn sie ihn darauf ansprach? Wenn man sich liebte, hatte man keine Geheimnisse voreinander, davon war Lisi überzeugt.

„Bist du glücklich?", murmelte Lisi, lehnte ihre Stirn an die Fensterscheibe des Hotelzimmers und blickte zum Schneeberg hinüber.

Damals hatte sich Müller in Neiselbach, eigentlich oben bei der Kirche in Siebenstein, mit ihrem Mann um sie geprügelt. Heldenhaft geradezu. Stolz war sie gewesen, obwohl sie an sich Prügeleien nicht leiden konnte. Aber es hatte ihr das Gefühl gegeben, etwas Besonderes zu sein. So mussten sich die Damen in der Ritterzeit gefühlt haben, und auch jene zur Zeit der Musketiere. Nur hatte es nicht angehalten, dieses atemberaubende Gefühl, die Angebetete zu sein – wenngleich Lisi klar war, dass Müller sich nicht unentwegt prügeln konnte, damit sie sich besonders fühlte. Aber auch für ein schlichtes Alltagsglück schien es nicht mehr zu genügen. Sie ging Müller in seiner kleinen Wohnung in der Ausstellungstraße beim Prater auf die Nerven. Dieser Gedanke kam ihr zum ersten Mal in den Sinn und erschreckte sie. An ein Kind war da wohl nicht zu denken, eher daran, wann sie von dort ausziehen sollte. Jetzt tat es ihr leid, die Frage nach seinem Glücklichsein gestellt und gleich zweimal wiederholt zu haben. Dass er es nicht war, wollte sie nicht hören.

„Ja, ich bin glücklich!", antwortete Müller da.

„Wieso denn?“, fragte Lisi mit feuchten Augen. „Das Zimmer hier ist noch kleiner als deine Wohnung in Wien.“

„Hier leben wir nicht“, sagte Müller, „hier sind wir auf Urlaub.“

18

Es war reichlich spät geworden im Goldenen Hirschen. Simon Singer war bereits nach Hause gefahren und Frau Lisi auf ihr Zimmer gegangen. Und obwohl Patrick Sandor sich am liebsten in sein kleines, gelbes Haus mit den grünen Läden zurückgezogen hätte, war er mit Müller noch in der Gaststube sitzen geblieben. Dieser hatte so ausgesehen, als stünde ihm der Sinn nach Gesellschaft. Dass dies mit Frau Lisi zusammenhing, ahnte Sandor. Fragen würde er nicht, er war von zurückhaltendem Naturell. Doch dieses blonde Geschöpf hatte beim Abendessen die unkomplizierte Fröhlichkeit vermissen lassen, die ihr sonst zu eigen. Und weil Müller sie hierher an diesen Ort verschleppt hatte, fühlte Sandor sich nahezu als Gastgeber. Dabei hatte er sie doch gar nicht eingeladen.

Ob die Herrschaften noch etwas wünschten, fragte die Bedienung Rosel und lud leere Gläser auf ihr Tablett. Man wünschte nichts.

Lisi, sagte Müller, und Sandor, der beide Hände auf die Tischplatte gestützt hatte, um sich zu erheben, setzte sich wieder hin.

Er habe nicht gedacht, dass es heute Abend noch zu dieser Enthüllung kommen würde, sagte Sandor.

Sie habe ihn drei Mal gefragt, ob er glücklich sei, berichtete Müller und ordnete die Bierdeckel am Tisch neu.

Drei Mal, wiederholte Patrick Sandor zögerlich.

Dann habe sie geweint, vor dem Abendessen, fügte Müller hinzu und begann, Bierdeckel aufzustellen.

Aus Empathie, schlug Sandor vor.

Mit was denn, fragte Müller, er habe doch gesagt, er sei glücklich.

Womit, berichtigte Sandor aus Gewohnheit und winkte der Bedienung Rosel. Ein Mineralwasser wünschte er sich doch noch.

Müller wurde sonst nie gefragt, ob er glücklich sei, schon gar nicht drei Mal hintereinander. Das mache ihn nervös. Glücklichsein als Antwort war ihm am unverfänglichsten erschienen, denn darauf gab es dann nicht mehr zu sagen. Bei Nicht-glücklich-Sein hätte er Gründe oder zumindest Erklärungen angeben müssen. So hatte er sich das gedacht. Und doch war es ganz anders gekommen. Aber ehrlich gesagt hatte ihn das Wort *glücklich* sein ganzes Leben lang nicht interessiert. Einer Frau konnte man so etwas natürlich nicht sagen.

Ob er jetzt in eine größere Wohnung ziehen würde, wollte Sandor wissen.

Man spräche gerade über Glück, empörte sich Müller und versetzte dem fertigen Bierdeckelhäuschen einen Stoß.

Daran sei er doch tief im Inneren gar nicht interessiert. Aber Frau Lisi an einer Wohnung, in der man auch ein Kind aufziehen könne, sagte Sandor, der reichlich müde war.

Wo denn eigentlich Sandors Verlobte sei, erkundigte sich Müller.

Da müsse man sich doch fragen, ob lächerliche zwanzig Jahre Bekanntschaft zu einer solch intimen Frage berechtigten. Sandor schloss kurz die Augen. Wie auch immer, seine Verlobte züchte nunmehr Schafe, in Schottland. Am nördlichsten Punkt. John o' Groats, um genau zu sein.

Ob es aus sei, fragte Müller.

„Guter Gott, wann haben Sie nur angefangen, so dramatisch zu werden?", antwortete Sandor und nahm einen Schluck Mineralwasser.

Lisi frage dauernd etwas, nicht nur, ob er glücklich sei, sondern auch woran er denke, schweifte Müller ab, nur nicht, was er gerne zum essen hätte, Würstel mit Saft zum Beispiel.

Müllers verheiratete Geschwister konnten doch nicht schuld an seinem selbstgewählten Zölibat und Lisis Unglück werden, sagte Sandor und erhob sich. Er selbst müsse sich auf den Weg machen, womöglich sei das Feuer in seinem Ofen schon ausgegangen.

„Sind Sie glücklich?“, fragte da der Kriminalinspektor und zupfte an seinem rotblonden Schnurbart.

„Sie, mein lieber Müller, sind das Unglück meiner späten Tage“, sagte Sandor.

19

Bei uns heraußen, da kann man bei der Nacht noch die Sterne sehen. Man steht vor der Tür, schaut zum Himmel hinauf, und mit einem Mal kommt einem da oben alles ganz lebendig vor, als würden einem manche Sterne zuzwinkern. In Wiener Neustadt kann man sowas schon nicht mehr so gut sehen, in Wien sicher noch weniger, weil dort die Straßenlaternen leuchten und die Schweinwerfer von den Autos. Wenn man bei uns ganz oben auf der Sonnenhütte steht und runterschaut, über die Hohe Wand in die Ebene, da sieht man, wie das Licht über Wiener Neustadt liegt wie eine Käseglocke. Manchmal bin ich ein bissel grantig, dass die Amerikaner am Mond herumgekrallt sind. Es hat mir früher besser gefallen, wie ich mir noch alles so hab vorstellen können, wie ich es da oben gern gehabt hätt. Wenn wir einen alten Mond haben, wenn der Mond nämlich schon am Abnehmen ist, dann kannst gar nichts mehr sehen. Bei uns hier oben am Hof, mein ich, unten im Ort ja schon, weil da auch Straßenlampen stehen. Aber bei uns am Hof sieht man die Hand vor den Augen nicht. Wenn man da vor die Tür geht und um die Ecke will, muss man sich richtig weitertasten, so schwarz ist es dann – und die Leut aus der Stadt finden sich überhaupt nicht mehr zurecht.

In der Nacht vor dem Erntedankfest war der Mond aber fast voll, Zeitung hätt ich lesen können vor der Tür, dafür bin ich so zeitig schon wach gewesen. Ich hab nur mehr warten müssen, bis der Sohn mir die Krankenkassaschuh anzieht, damit ich hinausgehen kann, und gefreut hab ich mich auf den Tag, weil ich das Erntedankfest besonders mag. Auch wenn das nicht ganz gepasst hat, wegen dem Leonhard und dem ganzen Drumherum in Neiselbach. Aber da hat die Großmutter schon Recht gehabt, wie sie gesagt hat, dass es im Leben halt kommt, wie es kommt.

Und gefreut hab ich mich auch, weil die Messe zum Erntedankfest früh angefangen hat, um halb neun und nicht erst um zehn, und ich da immer das Gefühl hab, dass der ganze Tag noch vor mir liegt. Wenn es erst um zehn anfangt, dann ist es fast schon Mittag, wenn wir wieder aus der Kirche rauskommen. Aber anders geht es nicht, weil unser Herr Pfarrer zwei Pfarrgemeinden betreuen und sich deswegen mit der Anfang-Zeit abwechseln muss, damit nicht die einen immer früh dran sind und die anderen spät. Und weil der Sohn gleich bei Siebenstein dem Gruber-Tuschi noch was vorbeibringen wollt, hat er mich schon um acht Uhr zur Kirche gebracht und die Schwiegertochter gleich mit dazu. Das war schön, weil ich mich nicht mehr so gut bücken kann, seit ich den Stock brauch, und die Schwiegertochter gleich nach dem Rechten geschaut hat. Die Blumen und Wurzen hat sie gegossen und zwei von den letzten Rosen von dem Jahr in die Vase gesteckt. Dann hat sie noch ein Grablicht angezündet. Das machen wir immer, wenn wir hier herauf nach Siebenstein kommen, zwei, drei Mal in der Woche. Das ist dann ein bissel so, als würd man seine Verwandten besuchen, und es gibt wirklich keinen bei uns hier heraußen, der sich nicht um sein Familiengrab kümmert. Auch nicht die, die immer so tun, als wär ihnen das Althergebrachte zu dumm. Und die Gräber von den Herren Pfarrern, die bei uns gewesen sind und dann gestorben, die werden auch mitgepflegt, weil die ja keine Familie gehabt haben.

Ich bin ein bissel am Friedhof herumspaziert, das mach ich oft, weil es noch zu frisch zum Sitzen war um die Zeit in der Früh und auch, weil einem ein Friedhof und seine Gräber viel über die Leut erzählen können. Da hast die ganz ordentlichen, die ihre Blumen in Reih und Glied pflanzen, die haben meist Blumen in Rot und in Weiß. Dann gibt es die fröhlichen, die haben die Farben ganz bunt durcheinander. Und dann gibt es die, die auch die Pflanzen durcheinander haben, nicht nur die Farben. Stiefmütterchen neben Wurzen, und dann auch noch ein Strauch. Nicht nur dem Durcheinander kann man begegnen, sondern auch der Verzweiflung. Neunzehn Grablichter haben auf einem Grab gebrannt, weil jemand ohne seinen Liebsten schwer leben kann und jeden Abend ein weiteres Licht anzündet.

Ich hab mich dann vor die Friedhofsmauer auf eine Bank gesetzt, da sieht man schön zum Schneeberg hinüber, und drauf gewartet, dass die Mannsbilder mit der Erntekrone kommen. Aber bevor die gekommen sind, ist die Wendel-Kathi aufgetaucht, weil sie unbedingt das Krippenspiel hat besprechen wollen. Dabei ist sie das gar nicht wirklich was angegangen, weil sie überhaupt nicht mitspielt, so alt wie sie schon ist, und auch nicht Mitglied im Pfarrgemeinderat ist. Aber weil unser alter Herr Pfarrer sie immer als letzte offizielle Jungfrau zum Singen und zum Fürbittenlesen geholt hat, hat sie schon damals angefangen, sich was drauf zum einbilden. Und jetzt wollt sie haben, dass ihr Neffe sich in die Krippen legen sollt, als Jesus-Kind. Dabei ist das ein ganz ein schlimmer und ein dicker Bub. Da hab ich ihr gleich gesagt, dass sie an dem Tag gar nicht erst damit anfangen soll, weil wir jetzt einmal Erntedank feiern und dann kann man weitersehen. Die Kathi war dann wieder einmal beleidigt, hat die Schultern hochgezogen und ihren grauen, dünnen Haarknödel geschüttelt. Aber mir war das wurst. Schlimmer wär gewesen, wenn sie dem jungen Herrn Pfarrer die Freud an der Messe verdorben hätt.

So nach und nach sind die Leute eingetroffen, manche zu Fuß und manche mit dem Auto. Ein wengerl haben wir dann noch warten müssen, bis die vier Mannsbilder den Weg heraufgekommen sind, die die Pritsche getragen haben, auf der die Erntekrone gestanden ist. Gleich dahinter ist der Herr Pfarrer gegangen und hinter ihm drei Frauen vom Ort, jede mit einem Weidekorb, wo alles drinnen war, was bei uns so wachst. Tannenzweige und Buchenblätter und hübsch viele Kräuterbüschel. Und so war auch die Erntekrone gebunden, aus allem nämlich, was wir hier im Tal haben. Sonnenblumen haben sie hineingeflochten und Astern in Rot und in Blau, auch eine Aubergine haben sie draufgehängt, das hat mir die Mizzi nachher erzählt, weil die Huber-Gerti Lust auf was Exotisches gehabt hat. Schön war die Messe, und von jedem Lied haben wir alle Strophen gesungen, weil dem Herrn Pfarrer zum Feiern zumute war.

Viele sind zum Erntedankfest gekommen, sicher manche auch nur, weil es nachher eine Agape gegeben hat. Wenn es was zum essen gibt, muss man die Leut nicht lange bitten. Jedes Haus im Ort ist gefragt worden, ob sie was backen können, da ist hübsch viel zusammengekommen, aber das ist bei der Agape nicht gegessen worden. Daraus hat man Mehlspeispackerl gemacht, die hat es dann zum kaufen gegeben, und das Geld hat die Kirche bekommen. So eine Kirche braucht ja immer wieder was, mal muss der Tischler eine Bank leimen oder ein Fenster braucht eine neue Scheibe, von der Mauer draußen und dem Putz brauchen wir gar nicht erst reden. Und unlängst hat unser Organist gesagt, dass die Orgel dringend gestimmt gehört, das ist schon jahrelang nicht mehr gemacht worden, da klingen dann manche Töne nicht mehr so, wie sie sollen. Aber das, glaub ich, wird noch länger warten müssen, weil bei uns nur die wenigsten so einen Unterschied hören.

In der Kirche hab ich gar nicht sehen können, wer alles gekommen ist, da kann man sich nicht gut umdrehen und sich überall umschauen. Schad war das schon, weil mir die Weiblichkeit im Kopf umgegangen ist und ich mich gefragt hab, ob man nicht vielleicht hätt sehen können, dass eine ganz besonders traurig dreinschaut. Erst beim Auszug hab ich dann gesehen, dass der Ritter-Poldi da war und auch der Zwerschina-Karli mit der Frau. Rote Augen hat sie gehabt, und der Sohn, der Vinzenz, der war nicht mit. Da wird es zuhause wieder einen Spektakel gegeben haben, hab ich mir gedacht, weil ich weiß, wie grob der Zwerschina-Karl werden kann.

Und dann hab ich auch noch den Herrn Sektionschef gesehen, den Herrn Doktor Sandor, der auch zur Messe gekommen ist, wegen dem Ritter-Poldi vielleicht oder dem Sohn vom Zwerschina, oder weil er auch schauen wollt, ob in der Kirche eine sitzt und plärrt, weil ihr der Liebste umgebracht worden ist. Aber der Herr Doktor hat sich mit dem Herrn Pfarrer unterhalten und ist gar nicht zum Ritter-Poldi hin. Vielleicht macht man das auch nicht bei so einer Feier. Den Herrn Kriminalinspektor mit der Frau Lisi hat er gar nicht erst mitgenommen, die haben's vielleicht nicht so mit der Kirche. Aber die Herrschaft von Fürchtenbert war da, das ist nichts Besonderes, weil die am Sonntag immer in die Kirche gehen. Nur ihre Jagdgäste haben sie zuhause gelassen. Die waren noch immer nicht weg, weil sie kein Jagdglück gehabt haben. Der Goldbacher-Severin war auch nicht da, das hab ich mir fast gedacht, dass der an dem Tag nicht kommen würd. Das war besser so, was weiß man, was dem eingefallen wär, wenn er den Ritter-Poldi gesehen hätt. Ein Unglück hätt es geben können, gleich hier vor der Kirche. Aber so ist der Severin sicher zuhaus gesessen und hat sich ein paar Eichelhäher geschossen, die ihm die Burgi gerupft hat. Sowas isst ja sonst kein Mensch, aber der Severin hat schon immer gesagt, die sind ihm am liebsten, weil die nach Nuss schmecken.

Schön war die Feier und auch der Himmel hat es gut mit uns gemeint, weil es bis zu Mittag schön geblieben ist. Alle Mehlspeispackerl waren verkauft, und – als wär es ausgemacht worden – keiner hat ein Wort über den Goldbacher-Leonhard verloren. Vielleicht hat sich auch keiner getraut, wegen dem Herrn Sektionschef. Aber schön geschaut haben sie schon, wie der mich so nett begrüßt und mit mir ein wengerl geredet hat. Fast zersprungen ist die Wendel-Kathi vor lauter Gift und Galle, das hab ich sehen können. Bleib weg von unzufriedenen Leuten, hat schon die Großmutter immer gesagt. Ich wollt dann dem Herrn Sektionschef noch den Ritter-Poldi zeigen, aber wie ich mich herumdreh, ist der nirgends mehr wo zum sehen, weg war er, wie vom Erdboden verschluckt, als würd er sich über uns alle lustig machen. Das würd nichts machen, hat da der Herr Sektionschef gesagt, er würd ihn schon noch kennen lernen, davonlaufen, so gesehen, könnt er ihm ja nicht. Nicht in Neiselbach.

Und dann war es langsam schon zum Nachhausgehen. Aufgestanden bin ich von meiner Bank und langsam um die Kirche herum, weil ich mir nach dem Sitzen schon ein wengerl schwer tu beim Gehen, und wie ich die Stufen runterkomm zur hinteren Friedhofstür, wo die Meinigen mit dem Auto gewartet haben, da hab ich es erst gesehen. Vier Bretterwände im Rechteck vorm schmiedeeisernen Kreuz von der Goldbacher-Familie. Dem Leonhard sein Grab war schon geschaufelt.

20

Tante Adele war nicht amüsiert. Das gereizte Herumnesteln an ihrer Perlenbrosche bewog Hanno Fürchtenberts Frau Nora, ihr für die Rückfahrt von der Kirche den Beifahrersitz anzubieten. Dennoch schwieg Tante Adele beharrlich. Man konnte nur vermuten, dass ihr vielleicht mit dem Tier, das sie um den Hals geschlungen, im Sonnenschein ein wenig zu warm geworden war. Ein prachtvoller Silberfuchs, der sich mit der Schnauze in den Schwanz biss.

Patrick Sandor folgte in seinem Auto, man hatte ihn zum Mittagessen eingeladen und er hatte gerne angenommen. Müller sollte an diesem Sonntagmittag die Möglichkeit haben, traute Zweisamkeit mit Frau Lisi zu genießen. Es stand zu hoffen, dass er die Zeit zu nutzen wusste.

Hanno Fürchtenbert hielt den Wagen gegen seine Gewohnheiten gleich vor dem Haupteingang des Hauses an. Nach dem Dejeuner wollte er mit Sandor noch wegfahren, auf die Suche nach dem unseligen Leopold Ritter. Dass der Kerl einem unentwegt entwischte, konnte man so nicht stehen lassen. Mittlerweile nahm Hanno es persönlich.

„Sind wir hier auf Fürchtenbert bei den Protestanten?“, zischte Tante Adele, als Hanno ihr die Autotür aufhielt, und rückte den Kopf des Fuchses in zentrale Position. Da erinnerte sich Hanno, dass er am Morgen kurz laut daran gedacht hatte, nicht zur Kirche zu fahren. Tante Adeles Hochziehen der Augenbrauen und ihre zwischen Backenzähne eingezogenen Wangen hatte er zwar bemerkt, von eigenen Sorgen abgelenkt jedoch nicht im Herzen wahrgenommen. Und Tante Adele, die der Gärtner im eigenen Auto zur Messe mitgenommen hatte, hatte bis jetzt ihren Missmut für sich behalten müssen. Zumal der vertrottelte Cousin und die geschwätzige Cousine auch nicht in der Kirche erschienen waren.

„Gottlose Freimaurer!" stieß sie noch hervor, als sie der Jagdgäste, die aus der Halle vors Haus getreten waren, ansichtig wurde, und schritt mit knappem Kopfnicken an ihnen vorüber ins Haus.

„Ernsthaft verstimmt?", fragte Patrick Sandor, der sein Auto hinter Hannos abgestellt hatte.

„Ich denke eher, sie versucht, als Erste das Speisezimmer zu erobern", antwortete Hanno und winkte seinen Gästen zu.

Goldgelbe Nudelsuppe schöpfte die Küchenhilfe aus der Suppenterrine, Schweinebraten und flaumige Knödel harrten auf der Anrichte am Rechaud.

Bei einem Mittagessen kurz vor einer Jagd sei man auf Fürchtenbert ganz zwanglos und bediene sich wieder selbst, erklärte Hanno, während er ein wenig Burgunder in jedes Rotweinglas füllte. Heute Nachmittag wolle man es doch noch einmal probieren, die Pirschführer würden in einer Stunde eintreffen. Er selbst sei heute leider verhindert.

Tante Adeles Wunsch nach einer Sitzordnung war er nicht nachgekommen.

Hanno hob sein Glas und wünschte Waidmannsheil:

„Das Wochenende geht zu Ende, wenn heute niemand mehr zu Schuss kommt, müssen wir wohl einen neuen Termin vereinbaren."

„Was ist ein Wochenende?", fragte Tante Adele laut, lächelte zuvorkommend und legte den Kopf ein wenig schief.

Grundgütiger, sie lebe nicht im neunzehnten Jahrhundert und er würde es begrüßen, wenn sie sich nicht so benehmen würde, murmelte Hanno und fuhr sich mit der rechten Hand übers Gesicht.

Das Essen mundete, wenn auch eine leichte Ungeduld der Gäste fühlbar war, schließlich war man für die Jagd angereist. Tante Adele hingegen lebte Cocktailmanieren aus und machte Konversation. Die Garderobe eines weiblichen Jagdgastes fand sie interessant, wie sie betonte, und diese war charmiert. Tante Adeles gekicherte Bemerkung zu späterer Stunde, da habe man sie wohl gründlich missverstanden, konnte sie zum Glück nicht mehr hören.

Als die Fahrzeuge mit den Pirschführern und den Gästen die Auffahrt hinunterfuhren, stand Hanno mit Patrick Sandor am Perron vor der Türe. Dieser Sorge war er enthoben. Bis zum Einbruch der Dunkelheit konnte er sich nun mit dem Mord an seinem Verwalter beschäftigen. Was für ihn so viel hieß, wie Leopold Ritter ausfindig und eventuell dingfest zu machen.

„Erbärmlicher Verfall der Sitten in diesem Haus! Stopfe das in deine Pfeife und rauche es!“, fuhr ihn da Tante Adele an, die aus dem Haus getreten war und die Stufen hinabschritt.

„Kurios! Was war das jetzt?“, fragte Hanno entgeistert.

Sandor legte am Rücken die rechte Hand in die linke und blickte Tante Adele schweigend nach. Hanno tat es ihm gleich.

„Tanten“, erwiderte Sandor nach geraumer Zeit gleichmütig, „meine Tante Isadora säuft noch dazu.“

21

„Wie kannst du mit ihm arbeiten? Nie weiß man, was er denkt!" Lisi legte das Besteck aus der Hand. Sie waren nicht im Goldenen Hirschen geblieben, sondern das kurze Stück zum Sonnenwirt hinaufspaziert. Alle waren ausgeflogen, Simon zu sich nach Hause, Dr. Sandor zu Herrn Fürchtenbert, da hatten auch die beiden wenig Lust verspürt, im selben Wirtshaus sitzen zu bleiben. „Mir gefallt das", sagte Müller und zupfte an seinem rotblonden Schnurbart, „sonst weiß man heutzutage bei jedem gleich, was er so denkt. Und wenn du nicht draufkommst, wird es in einer Talkshow breitgetreten oder du kannst es in Facebook nachlesen. Wenn du dort angemeldet bist, versteht sich. Das bin ich Gott sei Dank nicht. Was ich mach, geht niemanden was an, und was andere machen, interessiert mich nicht. So schaut es aus!"

Von Patrick Sandor hatte Lisi gesprochen, und Müller hatte es noch nie geschätzt, wenn auch nur die leiseste Kritik gegen seinen Vorgesetzten laut wurde. Vorgesetzter hin oder her, im Umgang mit dem Leben und den dazu gehörenden Personen war Sandor sein Schüler gewesen. So unbedarft und mit hehren Zielen durchdrungen war er vor zwanzig Jahren förmlich ins Amt gestolpert. Damals hatte er mit der Klientel, mit der sie es nahezu täglich zu tun gehabt hatten, kein vernünftiges Gespräch führen können. Nicht nach Müllers Dafürhalten. Und jetzt, jetzt ging Müller Sandors Verlobung durch den Kopf. Er konnte sich nicht mehr erinnern, wann er dessen Verlobte das letzte Mal gesehen hatte. Vor Monaten, wenn er es recht bedachte – und dies war durchaus Grund, ein schlechtes Gewissen zu haben. Zu leichtfertig hatte er sich von Sandor ablenken lassen, mit läppischen Hinweisen auf entfernte Aufenthaltsorte. Aber wirklich interessiert hatte er sich für Sandors seelisches Wohlergehen nicht. Das nagte an ihm.

„Was hab ich denn jetzt schon wieder gesagt?", begehrte Lisi auf und setzte ihr Glas härter auf den Tisch zurück, als es vielleicht ihre Absicht gewesen war.

„Aufgeregt hast du dich über den Doktor Sandor", sagte Müller und zupfte nun ein wenig grob an seinem Schnurrbart.

„Das habe ich nicht", gab Lisi zurück. „Ich habe lediglich festgestellt, dass man nie weiß, was Doktor Sandor so denkt. Mehr habe ich nicht gesagt, Herrgott nochmal!"

„Warum musst du denn eigentlich immer alles wissen?", fragte da Müller.

„Wovon redest du jetzt wieder?" Lisis Augen wurden feucht.

Ob er glücklich sei, ob er ein Kind wolle, ob er in der Wohnung bleiben wolle, das alles sei doch neuerdings immer ein Thema, und was er zu essen wünsche, zählte Müller auf.

„Und dann krieg ich sie doch nicht, meine Würstel mit Saft", enervierte er sich.

22

Es war noch früh am Nachmittag, und weil die Sonne zu der Jahreszeit noch Kraft hat, war es draußen an meinem Lieblingsplatz bei den Haselstauden und dem Marterl mit der Jungfrau Maria angenehm warm. Das Fernglasl hab ich mitgehabt, und der Wolfi, unser Hund, ist auch mitgegangen. Drüben in Siebenstein war für den Nachmittag eine Wanderung von der Pfarre ausgemacht, die letzte für dieses Jahr. Die Meinigen sind da mitgegangen, und ich hab gewusst, dass so gut wie niemand herüberkommen wird, weil alle drüben auf den Spazierwegen herummarschieren. Fremde sind auch nicht heraufgekommen, weil es in den letzten Tagen immer wieder geregnet hat und es den Leuten aus Wien dann zu unsicher ist, dass sie so weit fahren und nachher wo drinnen sitzen müssen. Da bleiben sie lieber in der Stadt, das merkt man jedes Jahr im Herbst.

Aber die Frau Lisi hat bis zu mir heraufgefunden, und das hat mich besonders gefreut. Die Wangen vom Heraufsteigen so rosa wie im Frühling die Pfingstrosen in meinem Garten, die blonden Haar ein wengerl zerrauft, obwohl an dem Nachmittag kein Wind gegangen ist. Mit den Fingern ist sie sich immer wieder durch die Frisur gefahren, als würd sie irgendwas aufregen. Da hab ich ihr einen Kaffee und einen Zwetschkenkuchen angetragen, aber nicht bei meinem Lieblingsplatz. Zu der Jahreszeit steht die Sonne so tief, dass die Bank am späteren Nachmittag im Schatten liegt und man gleich merkt, dass Herbst geworden ist.

Das gute Geschirr hab ich genommen und einen Kaffee aufgesetzt, die Frau Lisi hat sich inzwischen schon hingesetzt, aber losgeplaudert hat sie nicht. Also hab ich einmal gefragt, ob der Herr Kriminalinspektor mit dem feschen fuchsroten Schnurrbart sie dann abholt. Irgendwie hat man ja ins Plaudern kommen müssen, weil sie wieder so ausgeschaut hat, als möcht sie die Tannenwipfel drüben zählen. Nein, hat sie da gesagt, weil der Herr Kriminalinspektor mit den zwei anderen, dem Herrn Sektionschef und dem Singer-Simon, weggefahren ist, einen Mann suchen, dem sie schon die ganze Zeit nachrennen. Da hab ich gewusst, dass es um den Ritter-Poldi geht, der ja bei der Agape so mir nichts, dir nichts verschwunden ist.

Aber das hat die Frau Lisi nicht so wirklich interessiert. Tief geseufzt hat sie und ganz lange in ihrer Kaffeetasse herumgerührt, bis sie sich ein Herz gefasst und mich endlich was gefragt hat. So ist mir das vorgekommen. Was ich eigentlich vom Müller halt, oder mehr noch, ob ich ihrer Geschichte, also ihrer Liebe, eine Zukunft geben würd.

Wieso denn das?, hab ich da einmal vorsichtig gefragt. Da kann man mit der Tür nicht so ins Haus fallen, hätt die Großmutter gesagt, wenn man noch gar nicht weiß, worum es denn wirklich geht. Da kann man sich schon ganz schön verbrennen. Und da hat die Frau Lisi endlich angefangen zum plaudern, ganz so wie damals, wie ich sie kennen gelernt hab. Alles ist da aus ihr herausgesprudelt. Dass sie nicht glaubt, dass der Müller sie noch wirklich liebt, weil er kein Kind haben will, dass bei jedem Wort, das sie sagt, ein Streit rauskommt, und dass er aus seiner Wohnung nicht und nicht raus will, obwohl die viel zu klein ist, für zwei schon, und dann erst für drei.

Dann hat die Frau Lisi erst einmal Luft holen müssen, in ihrer Jackentasche nach einem Taschentuch gesucht, es auf die Augen gedrückt und zum weinen angefangen.

Geh, Kinderl, hab ich da erst einmal gesagt, weil man bei sowas nicht nur zuschauen kann. Geh, Kinderl, hab ich dann noch einmal gesagt, weil sie das Schnäuztuch von den Augen nicht weggenommen hat, es wird schon nicht so heiß gegessen wie gekocht. Das hätt die Großmutter ihr auch gesagt.

Damals, wie er sich für sie geprügelt hat, da hat sie geglaubt, er meint es ernst, hat sie dann gesagt. Ich hab sie fast nicht verstanden, weil sie so geschluchzt hat. Das weiß ich ja schon seit ich sie kennen gelernt hab, dass sie eine Romantische ist.

Ihr Kaffee würd ja ganz kalt, hab ich da gesagt, weil es manchmal hilft, wenn man die Leut wieder auf den Boden holt. Heut nennt man das erden, hab ich mir sagen lassen, als ob es das nicht schon immer gegeben hätt. Aber das gibt's ja öfter, jetzt tut man bei vielem so, als hätt man es gerade erst erfunden.

Da hat sie sich die Nase gewischt, einen Schluck Milchkaffee genommen und mich gefragt, was aus ihnen beiden denn nun werden soll, aus dem Müller und ihr selbst.

So was ist immer heikel. Sich in die Angelegenheiten anderer Leute einmischen nämlich, weil wenn man da das Verkehrte sagt, hat man immer eine schlechte Nachred. Aber einfach so stehen lassen kann man das auch nicht, nicht, wenn jemand so verzweifelt in sein Schnäuztuch heult.

Ja, Streit kommt vor, hab ich einmal angefangen, weil das immer und überall stimmt.

Da sind mir gleich der Zwerschina-Karl und die Frau eingefallen und was für rote Augen sie gehabt hat, oben bei der Kirche in Siebenstein. Da hat man auch sehen können, dass die zuhause einen Streit gehabt haben müssen.

Und manchmal, hab ich dann noch gesagt, muss man sich ein bissel Zeit lassen. Man ist ja nicht auf der Flucht, dass man so durchs Leben rennen muss. Das hat die Großmutter auch oft gesagt.

Wie ich das mein, hat da die Frau Lisi wissen wollen, und sich die verquollenen Augen gewischt.

No, hab ich gemeint, die Geschichte hat doch grad erst begonnen, da muss doch nicht gleich ein Kind her. Und auch das Zusammenleben, ich weiß schon, dass das nicht modern ist, hab ich gesagt, hätt doch auch nicht gleich sein müssen.

Sie wären doch schon ein paar Jahre zusammen, hat da die Frau Lisi gefunden, und ich hab auflachen müssen, trotz der Frau Lisi ihrem Elend.

Da könnt man doch nicht von Zusammensein sprechen, wenn man sich ein paar Mal im Monat trifft, hab ich gesagt.

Dass sie bis zu dem Tag noch immer mit einem anderen verheiratet ist, dazu hab ich einmal geschwiegen, weil so eine Scheidung manchmal nicht so schnell erledigt ist und weil sie das verletzen hätt können.

Solche Sachen passieren halt, die hat es immer gegeben und wird es immer geben, darauf hab ich gepocht. Und dass es keinen Sinn hat, wenn man alles überstürzen will und es eilig hat mit einer neuen Familie. Schon überhaupt nicht, wenn die Geschichte ein wengerl verkehrt angefangen hat.

Wieso verkehrt, hat da die Frau Lisi gefragt, und da hab ich mir schon denken müssen, dass sie nicht nur romantisch ist, sondern auch ein bissel sehr naiv. Das liegt doch auf der Hand, dass man, wenn man verheiratet ist, üblicherweise keine Familie mit wem anderen gründet. Gesagt hab ich was anderes.

Warum sie nicht ein wengerl für sich bleiben und das mit dem Kind jetzt erst einmal auf sich beruhen lassen würd.

Trennen soll sie sich jetzt gar vom Müller, hat die Frau Lisi da gleich wieder aufgeschluchzt.

Und ich hab gesagt, dass davon doch gar keine Rede sein könnt. Dass aber Mannsbilder das nicht leiden können, wenn man immer an ihren Rockschößen hängt. Und dass ich schon irgendwie glauben würd, dass das alles für den Herr Kriminalinspektor ein wengerl zu schnell gekommen wär. Sich prügeln aus Liebe hin oder her. Und warum sie nicht mit mir mitkommen würd, morgen am Nachmittag, zum Stickerei-Kurs in den Pfarrgemeindesaal. Da würd eine pensionierte Lehrerin mit alten Stickmustern vorbeikommen, manche noch aus der Biedermeierzeit, das wär immer schön. Grad die Vorlagen mit den Hirschen wären was Besonderes.

Was das bringen soll, wollt die Frau Lisi da wissen.

No, dass sie sich einmal für was anderes interessiert als wie für ein Mannsbild, auch wenn es der Herr Kriminalinspektor ist. Und dass man mit einer Kinderidee erst später kommen sollt, weil Mannsbilder sich nicht so leicht was vorstellen könnten wie unsereine. Und dass ein Kind doch wirklich keine gescheite Idee wär, weil Kinder einen nicht wieder zusammenbringen würden und so ein Bamperletsch nicht auf die Welt kommen sollt, nur damit zwei Erwachsene wissen, wo es lang geht.

Ob ich denn glaub, dass das was bringen würd, wollt die Frau Lisi wissen.

Von hinten hätt sie das Pferd aufgezäumt, hab ich ihr da gesagt, die Großmutter hätt das genauso gesehen, und ihr noch ein Stück Zwetschkenkuchen heruntergeschnitten. Und es wär halt schon gut, wenn sie nicht nur so tun würd, als ob sie sich für was anderes interessieren würd, sondern es dann auch wirklich versuchen. Weil einem Mannsbild nachrennen, das wär schad um die Zeit.

Dann bin ich aufgestanden und hab noch zwei Holzscheiteln in den Küchenofen geschoben, damit mir das Feuer nicht ausgeht und weil ich schon ganz steif war von der langen Sitzerei. Vielleicht ändert sich auch das Wetter, hab ich mir gedacht und beim Fenster rausgesehen. Ganz oben am blauen Himmel sind Wolken schnell vorbeigezogen, nach einem starken Wind hat das ausgeschaut, aber hier unten war davon nichts zu merken. Gesagt hab ich einmal gar nichts, damit die Frau Lisi Zeit hat, über alles nachzudenken. Mir ist eh schon was anderes durch den Kopf gegangen.

An den Goldbacher-Leonhard hab ich denken müssen, weil mir das offene Grab oben in Siebenstein eingefallen ist und ich mich gefragt hab, wann die Beerdigung sein wird und ob sich das in der Woche noch ausgehen würd. Da ist ja vieles, woran man denken, und vieles, worum man sich kümmern muss. Zuerst einmal muss man den Toten von der Gerichtsmedizin zurückbekommen, daran hab ich mich noch vom letzten Mal erinnern können, und erst dann kann man mit dem Herrn Pfarrer einen Termin fürs Begräbnis ausmachen, weil der auch nicht immer Zeit hat. Und ich hab mich gefragt, wie der Goldbacher-Severin mit dem allem zurechtkommen wird, der hat sich ja sonst nie um solche Dinge wie Trauerparten und Kranzbestellen scheren müssen. Der hat seine Zeit nur damit verbracht, jedes Federvieh zu schießen, das an ihm vorbeigeflogen ist. Wenn was anderes zum erledigen war, war das nach dem Tod von der Frau immer dem Leonhard seine Sache. Und die alte Burgi, die war auch keine wirkliche Hilfe, die hat die letzten Jahre nur das Federvieh gerupft, das der Severin geschossen hat, sonst hat sie nichts gemacht. Aber mit ihren neunzig Jahren ist das auch kein Wunder.

Und dann hab ich an den Ritter-Poldi denken müssen und mich gefragt, wann der wieder auftauchen wird oder ob ihn der Herr Sektionschef, der Herr Kriminalinspektor und der Singer-Simon eh schon gefunden haben. Ich hab mir durch den Kopf gehen lassen, ob ich mir den Poldi eigentlich als Mörder vom Leonhard vorstellen könnt. Feig soll der Mörder ja gewesen sein, hab ich gehört gehabt, weil er sich an den Leonhard angeschlichen hat, sonst hätt der sein Gewehr nicht noch umgehängt gehabt und den Pirschstecken in der Hand. Im Revier ausgekannt hat sich der Mörder auch, und gewusst, was der Leonhard für Gewohnheiten im Wald gehabt hat. So gesehen hätt das alles auf den Ritter-Poldi gepasst, auch das Feigsein, obwohl er immer schon ein Wilderer gewesen ist. Aber gerade die sind feige Leut, weil sie nicht gerade heraus sind, sondern ein wengerl hintenrum. Das kommt vom Herumschleichen im Wald und davon, dass sie sich vor jedem und allem verstecken müssen. Dabei braucht man das Wildern in unserer Zeit wirklich nicht mehr, weil es hier bei uns heraußen keine Not mehr gibt. Früher im Krieg und auch schon davor, da war das schon ein wengerl was anderes. Aber heutzutage ist von Not keine Rede mehr. Außerdem sagt man, dass man das Wildern entweder im Blut hat oder nicht – und es gar nicht wegen dem Hunger tut.

Aber auf ein Wild schießen oder auf einen Menschen, das sind zwei Paar Schuh. Und wenn man schon von der Familiengeschichte vom Ritter-Poldi redet, dass die nämlich seit Generationen Wilderer gewesen sind, dann muss man sich schon auch erinnern, dass der Großonkel und der Großvater sich in den Kriegsjahren oben im Wald, gleich am Ascher am Weg nach Puchberg, versteckt gehalten haben, weil sie in den letzten Jahren nicht in den Krieg ziehen und auf Leute schießen wollten. Das hat man sich schon damals erzählt. Auch wenn es nicht alle geglaubt haben. Deswegen war ich mir gar nicht sicher, was davon zu halten ist, dass der Ritter-Poldi der Mörder sein soll. Und ich hab mir gedacht, dass er sich vielleicht dort herumtreibt, wo der Großvater und der Großonkel sich versteckt haben. Oben am Ascher.

Da hab ich mich wieder hingesetzt und seufzen müssen, weil es nicht immer ein Spaß ist, das Älterwerden. Schon gar nicht beim Niedersetzen. Aber auch, weil ich den Kopf voll gehabt hab von der Mördergeschichte.

Machen Sie sich keine Sorgen mehr, hat da die Frau Lisi gesagt und ist sich noch einmal über die Augen gefahren, zum Stickkurs geh ich mit.

Da hab ich lächeln müssen, weil ich gerade da überhaupt nicht an sie gedacht gehabt hab.

No, hab ich gesagt, eines muss man sich immer vor Augen halten, wenn man an die Mannsbilder denkt: Im Meer schwimmen mehr Fische herum als wie herausgefischt werden. Von der Großmutter weiß ich das.

23

„Morgen fahre ich nach Wien“, verkündete Patrick Sandor und knöpfte seine Lodenjacke zu.

Die Sonne war hinter dem Berg verschwunden, es war frisch geworden.

„Ich hab geglaubt, Sie wollen nicht mehr zurück nach Wien“, antwortete Müller und zupfte an seinem Schnurrbart.

Von wollen könne keine Rede sein, von müssen schon vielmehr, sagte Sandor. Er habe im Gegensatz zu Müller von einem Urlaub im Amt nichts verlauten lassen. Einiges war noch zu erledigen, anderes zu disponieren, dann würde er wiederkommen. Gegen Abend.

Sie saßen auf einer Parkbank vor Fürchtenberts Haus und hatten dem Sonnenuntergang zugesehen.

„Kitschig“, sagte Müller mit Inbrunst in der Dämmerung.

„Zu viel Sentiment?“, fragte Sandor gleichmütig und atmete genussvoll den Duft des feuchten Waldbodens ein.

Müller prustete laut durch seinen Bart, eine Antwort blieb er schuldig.

Beim Abendessen müsse Müller mit Simon Singer vorlieb nehmen, sagte Sandor, er selbst würde in sein Haus zurückkehren, einheizen – zu dieser Jahreszeit war es auch unter einer Decke im Bett zu kühl – und morgen früh zeitig aufbrechen.

„Kommt doch zu uns herein“, rief Hanno Fürchtenbert, der aus dem Haus getreten und am Perron vor der Türe stehengeblieben war. Die Jagdgäste und ihre Pirschführer waren noch nicht zurückgekehrt und würden auch noch einige Zeit brauchen. Man war zu Hochständen gefahren, die weit oben im Gebirgigen lagen.

„Vielleicht machen Sie noch auf einen Schnaps in der Jagdhütte Halt, oder man ist zu Schuss gekommen, dann muss das Stück gleich im Wald aufgebrochen werden und es dauert noch einmal so lange, bis alle wieder hier eintreffen“, verkündete Fürchtenbert hoffnungsvoll.

„Tante Adele?“, fragte Sandor und erhob sich.

Diese habe sich das Fuchstier mit den schielenden Glasaugen um den Hals gehängt und sei mit ihrem Auto nach Wiener Neustadt abgefahren. Am Hauptplatz lustwandeln, wenn Hanno es richtig verstanden hatte.

Das Angebot einzutreten, da Unliebsame auswärts waren, war nach dem enttäuschenden Nachmittag zu verlockend, um es nicht anzunehmen. Man war zu Leopold Ritters Bleibe gefahren, durch nach Ammoniak stinkende Pfützen gewatet und hatte energisch an die Türe geklopft. Das Licht in der Küche hatte wie beim letzten Mal gebrannt. Und dieses Mal war sogar geöffnet worden. Frau Ritter, zweifellos einmal hübsch, nunmehr jedoch etwas bitter, war im Türrahmen gestanden und hatte die Anwesenheit ihres Gatten Leopold strikt geleugnet. Er sei im Wald, und sie für ihren Teil hätte nichts dagegen, wenn man ihn dort suchen würde. Viel Glück hatte sie noch gewünscht und die Türe zugeschlagen.

Sandor nahm am Kamin Platz und rieb seine Handflächen aneinander. Tückisch, zu dieser Jahreszeit zu lange im Freien sitzen zu bleiben, wenn die Sonne bereits untergegangen war und einem die Kühle in die Knochen kroch. Müller hingegen spazierte im Salon umher und betrachtete Bilder. Simon Singer, der aus der Küche gekommen war, erkundigte sich im Auftrag von Nora Fürchtenbert und der Köchin nach Kuchen- und Teewünschen. Man nahm das Angebot dankend an.

Am Perron vor der Türe blieben Müller und Sandor noch einmal stehen, auf Singer musste man warten, er war in die Küche gegangen, um seine Jacke zu holen.

„Wien“, sagte Sandor gedankenverloren.

„Was wär Ihnen denn lieber statt Wien?“, fragte Müller.

Elegante Menschen in Rattanstühlen am Rande eines Flusses, antwortete Sandor unumwunden.

„Sie haben nicht zufällig gestern Abend im Fernsehen *Tod am Nil* gesehen?“, fragte Müller.

24

Tante Adele stand in ihrem Zimmer im Oberstock am Fenster, schob den Vorhang mit den Fingerspitzen ein wenig zur Seite und blickte zur Auffahrt hinab. Zwischen Koffern und Gewehrtaschen standen die Jagdgäste, man war im Aufbruch begriffen.

„Guter Gott, Leggings", murmelte Tante Adele beim Anblick der Damen, schnalzte amüsiert mit der Zunge und kicherte. Höchste Zeit, dass diese Hotelatmosphäre hier ein Ende nahm.

Man war am Vorabend nicht zu Schuss gekommen. Ihrem Neffen Hanno hatte dies leidgetan, zumindest hatte er solches behauptet – mit geradezu übersteigertem Pathos vorgetragen, wie Tante Adele fand. Die schlechte Laune der glücklosen Jäger hatte sie als aufdringlich empfunden, Hannos Aufforderung, doch möglichst bald wiederzukommen, als lässlich. Sie hatte ihr nahezu das Diner verdorben. Nicht die Konversation, von der ohnedies keine Rede hatte sein können, aber den Genuss der Speisen.

Aus diesem Grund war sie heute Morgen nicht zum Frühstück erschienen. Das unbeholfene Herumrühren in Schüsseln und das dilettantische Balancieren gefüllter Tee- oder Kaffeetassen waren ihr vom letzten Frühstück in unangenehmer Erinnerung. Offenbar waren solche Leute lediglich den Gebrauch ordinärer Trinktassen mit darin aufgestelltem Löffel gewohnt. Und da sie nicht die Absicht hatte, sich zu verabschieden, war nun der Moment gekommen, sich ins Esszimmer zu begeben und ungestört ein wundervolles Frühstück zu genießen. Abgeräumt hatte man sicherlich noch nicht.

Als Hanno wieder im Esszimmer erschien, traf er Tante Adele bei Toast und Konfitüre an, gegrillte Tomaten und Champignons mit Ei hatte sie bereits genossen.

„Wie viel selbstgemachte Konfitüre haben deine Gäste eigentlich vertilgt, dass nur noch gekaufte übrig ist?", fragte sie pikiert und zog ein langes Gesicht. „Haben wir es jetzt überstanden oder kommt heute Abend ein neuer Tross?", fügte sie hinzu.

Hanno schloss kurz die Augen und fuhr sich mit der rechten Hand über die Stirn. Die Verabschiedung war anstrengend gewesen. Man hatte nicht nur einen vorwurfsvollen Ton bemüht, man hatte veritable Vorwürfe vorgebracht. Die Jagd sei schlecht organisiert gewesen, die Pirschführung schlampig, die Hochstände an den falschen Stellen platziert, das Essen leidlich. Und sogar darauf habe man abends elendiglich warten müssen. In keinem anständigen Hotel sei ihnen das jemals zuvor passiert. Und Herr Novak hatte doch tatsächlich etwas von einem ausgeschossenen Bauernrevier gebrummt. Noch mehr plagte Hanno die Annahme, dass mit seinem Verwalter Leonhard Severin alles wunderbar vonstattengegangen wäre. Wenn dieser Leopold Ritter ihn denn am Leben gelassen hätte.

„Übrigens glaube ich nicht, dass dieser Leopold *Irgendwas* auch nur das Geringste mit dem Mord an deinem Verwalter zu tun hat", sagte da Tante Adele, betupfte ihre Mundwinkel mit der Serviette und nestelte an ihrer Perlenbrosche. Das Frühstück hatte sie beendet.

„Du verstehst es nicht!", erhob Hanno ein wenig die Stimme.

„Du versteht es wirklich nicht, nicht wahr?" wiederholte er, zänkisch geradezu.

Angewiesen sei man auf solche Gäste, damit man sich Gäste wie Tante Adele auch hinkünftig leisten könne. Wobei die Frage erlaubt sein müsse, ob man dies in Zukunft noch wolle. Doch gesetzt den Fall man wolle, könne man sich dieses durch den Wald alleine nicht mehr leisten, der Holzpreis ließe das nicht zu. Also müsse man Hausgäste in Kauf nehmen, jawohl, zahlende Gäste, die für den Abschuss eines Rehbocks oder eines Hirsches gewillt waren, gutes Geld zu zahlen. Wenn die Jagd dann nicht erfolgreich war, fiel es auf einen selbst zurück, weil Jagdgäste, oftmals Sonntagsjäger, der irrigen Annahme waren, man würde für sie das Wild mit einem Strick am nächsten Baum anbinden. Und wenn sich nun herumspräche, dass im Revier Fürchtenbert weit und breit kein Wild zu sehen war, würde wohl keiner mehr kommen wollen. Der einzige Fehler, den er, Hanno Fürchtenbert, gemacht habe, sei eben, kein Geld für Speis und Trank zu verlangen. Denn gegessen, nein, gefressen hätten sie alle für zwei.

Hanno Fürchtenbert holte Luft.

„Geld verlangen musst du wohl unbedingt, wenn du schon Konfitüre zukaufen musst“, sagte Tante Adele und legte den Kopf ein wenig schief.

25

Golden war das Licht in Wien und der Himmel von unverschämtem Blau. Wenn Patrick Sandor den Kopf zurücklegte, sah er weit oben kokette Wölkchen dahineilen. Er stand beim Donnerbrunnen am Neuen Markt, und Wien gab sich alle Mühe, ihm zu gefallen, so kam es ihm zumindest vor.

Er hatte seinen Müller am Vortag angelogen, in dieser Stadt hatte er rein gar nichts zu tun. Auch nach Ruhe stand ihm nicht der Sinn, selbst wenn die Dauergesellschaft in Neiselbach ein wenig ermüdend war. Es war nur so, dass sein Wien ihm keine Ruhe gelassen hatte. Die Schuld an seinem Unbehagen hatte er seiner Stadt nicht in die Schuhe schieben wollen, auch nicht anderen. Nicht ungeprüft. Denn vielleicht lag es doch an ihm.

Schon bei der *Spinnerin am Kreuz,* der gotischen Steinsäule oben am Wienerberg, war ihm der Verkehr unangenehm aufgefallen, eine gereizte Dränglerei von Autofahrern, die sich gegenseitig zeigen hatten wollen, wer der Herr war. Sein Spaziergang durch die Stadt hatte ihn wiederum all die Plätze vermissen lassen, die es in seiner Kinder- und Jugendzeit gegeben hatte und die nicht mehr waren. Wie das wunderbare Delikatessengeschäft der Gebrüder Wild gegenüber vom Donnerbrunnen, wo man die herrlichsten Köstlichkeiten erstehen konnte. Von der Champignon-Mayonnaise und der geräucherten Entenbrust träumte er heute noch.

Träge schoben sich Touristen am Trottoir dahin. Wenn es nicht regnete, war gegen eine gemächliche Stadtbesichtigung ja nichts einzuwenden. Das mochte für die Stadt gut sein, doch Sandor missfiel es an diesem Tag ganz besonders.

Das war wohl der Grund, wieso er sich im Resselpark wiederfand. Hier war nicht allzu viel los. Für Geplantsche im Wasserbecken vor der Karlskirche war nicht die rechte Zeit, und auch sonst gab es nur wenig zu sehen.

Patrick Sandor nahm auf einer Parkbank Platz, die Hände tief in den Taschen seines blauen Kaschmirmantels vergraben. Schottland, dachte er und holte tief Luft. Es war also nicht nur Wien, das ihm Unbehagen bereitete, diagnostizierte er, es war ebenso die Entfernung zu seiner Verlobten. Auch damit hatte er Müller belogen. Sie züchtete nicht Schafe in John o' Groats, wie von ihm behauptet. Eine Tante hatte ihr ein Gestüt hinterlassen. Mit der von ihm kolportierten unspektakulären Tierwahl hatte er wohl sein Desinteresse ausdrücken wollen; ob Pferd oder Schaf, der Hof inmitten der Highlands bedeutete ihm nichts. Und den angeblichen Aufenthaltsort seiner Verlobten an den nördlichsten Punkt der Insel zu verlegen, war wohl Ausdruck dessen, wie weit weg sie ihm schien.

Er konnte sich noch an seinen letzten Besuch in Schottland erinnern. Etliche Wochen war es her, mitten im Sommer, und es hatte geregnet. Was denn sonst, hatte er damals gedacht. Das tiefste Burgenland hatte ihn in seiner Kinderzeit in dieser Hinsicht allzu sehr verwöhnt. Heiße, trockene, nie enden wollende Sommer – auch wenn Sandor mittlerweile alt genug war, um zu wissen, dass solch Wassermangel für die Landwirtschaft weniger glücklich gewesen sein musste. Regen also, und seine Verlobte. Vom Wind zerzaustes Haar, dreckige Gummistiefel, ein glückliches Lächeln im Gesicht. So jemanden bat man nicht zurück nach Wien. In eine Stadt, mit der man nunmehr selbst Probleme hatte.

Er selbst wollte nicht auf die britische Insel ziehen, dem Klima traute er nicht.

„Begrüße Sie", sagte da eine Stimme hinter der Bank. Der Obdachlose im langen Fischgrätmantel und mit roter Wollmütze schob seinen mit Plastiksäcken angefüllten Einkaufswagen zur Bank neben Sandor, nahm dort Platz und lächelte verbindlich. Auf die Wahrung der Intimsphäre legte er augenscheinlich wert; auch zu konversieren begann er nicht.

Am Wasserbecken vor der Karlskirche begann dafür ein Kind zu kreischen und hörte nicht mehr auf. Am Karlsplatz wurde ein polyphones Autohupenkonzert intoniert.

Patrick Sandor atmete tief durch die Nase ein und arrangierte sein bordeauxfarbenes Stecktuch neu. Mit seinem dunklen, über den Kopf nach hinten gekämmten Haar wirkte er wie ein Mann, der aus der Zeit gefallen war.

„Sagen Sie, liegt es an mir oder an den anderen?", fragte er den Obdachlosen knapp, in Einzelheiten wollte er sich nicht verlieren.

Da stützte der Obdachlose den linken Arm auf den Einkaufswagen und legte sein Kinn in die Handfläche.

„Die Hölle, das sind die anderen. Hat schon Jean-Paul Sartre gesagt."

26

Wie es dann so weit gewesen wär mit dem Hinfahren zum Stickkurs, war der Sohn mit der Schwiegertochter noch nicht zurück. Zum Einkaufen sind sie an dem Montag nach Wiener Neustadt hinausgefahren und haben sich vielleicht beim Baumarkt ein Grillhendl gekauft, weil sie das gerne machen. Wenn ich mich recht erinnere, hab ich überhaupt vergessen gehabt, ihnen von dem Stickkurs oben im Pfarrgemeindesaal zu erzählen. Aber sehr gestört hat mich das nicht, weil es manche Sachen gibt, die man im Leben, wenn man sie einmal gekonnt hat, nicht mehr verlernt. Zum Beispiel Heu zusammenrechen. Oder Traktor fahren. Und auch wenn ich keinen Führerschein hab, für ein Auto halt, mit dem ich auf der Straße fahren könnt, nehm ich mir manches Mal den alten Traktor aus dem Schupfen und fahr auf den Forststraßen dahin. Ich weiß ja, dass der Singer-Simon da nichts dagegen hat und wegschaut, wenn er mich sieht. Und einen anderen Gendarmen haben wir in Neiselbach nicht. An dem Tag hab ich sogar ein bissel auf der Landstraße fahren müssen, um zum Pfarrgemeindesaal hinaufzukommen, weil die Wege dorthin nicht nur Forstwege sind. Aber wo kein Kläger, da kein Richter, hätt die Großmutter gesagt.

Die Kursleiterin, die Huber-Zenzi, die ist schon da gewesen, auch die Wendel-Kathi mit ihrem dünnen grauen Haarknödel, die ist der Zenzi nicht von der Schürze gewichen. Jetzt ist sie schon so alt, hab ich mir gedacht, und noch genauso deppert wie damals in der Schule. Beim alten Herrn Pfarrer hat sie das auch immer so gemacht, sich vorgedrängelt, da hat das auch funktioniert. Aber ich glaub, an dem jungen Herrn Pfarrer wird sie sich die Zähne ausbeißen. Sonst bin ich ja nicht so, aber da würd ich mich freuen.

So nach und nach sind alle dahergekommen. Ich war ein bissel zu früh dran, wie immer, seit ich nimmer gut zu Fuß bin. Das klingt jetzt vielleicht komisch, aber seit ich weiß, dass ich für alles länger brauch als wie damals, fang ich mit allem viel früher an, als wie ich müsst.

Und dann war sie wirklich da, die Frau Lisi. Im Vorhinein weiß man sowas ja nie. Manchmal ändern die Leut ihre Meinung und es vergeht ihnen dann doch die Lust zum kommen. Es hätt ja auch sein können, dass der Herr Kriminalinspektor mit ihr was unternehmen hätt wollen. Gut hat sie ausgeschaut, richtig neugierig, was da jetzt passiert, und nimmer so unglücklich wie am Tag zuvor. Dem Herrn Kriminalinspektor Müller wird das auch gut tun, hab ich mir gedacht, dass sie jetzt lustiger ist. Weil auch wenn Mannsbilder komisch sein können, wir Weibsbilder können das schon auch. Wahrscheinlich hat die Frau Lisi in letzter Zeit zu viel Zeit zum Herumspintisieren gehabt, da redet man sich bald in einen schönen Wirbel, aus dem man dann gar nicht mehr so leicht wieder rauskommt. Und die Mannsbilder kennen sich dann überhaupt nicht mehr aus, ein Wort gibt das andere, und schon hast einen Pallawatsch beieinander.

Gefreut hab ich mich, dass die Frau vom Zwerschina-Karl auch gekommen ist, die Gerti, weil ich die nicht gar so oft seh, immer gehen sie ja nicht in die Kirche. Beim Erntedankfest waren sie schon, aber da hat sie eben die roten Augen gehabt, und dafür wollt ich sie nicht anreden. Das hätt so ausgeschaut, als ob ich sie ausfragen wollt. Und ich halt doch so gar nichts von Tratscherei. Noch weniger oft seh ich den Buben, den Vinzenz, der sie mit dem Auto zum Stickkurs gebracht hat, weil er mit seinen siebzehn Jahren schon einen frühen Führerschein hat und sich bei jeder Gelegenheit hinters Lenkrad setzt. Das hat mir die Gerti erzählt. Fesch ist er geworden, mit seinen schwarzen Haaren – das muss er von der Mutter haben, der Vater ist ja blond –, aber die Sonnenbrille, die sollt er nicht auf der Nase tragen. Da sieht man nichts von den Augen von dem Menschen, der dir gegenüber steht. Da weiß man nie, schaut der dich jetzt an oder schlaft der. Eigentlich eine Unart, aber wie es ausschaut, ist das jetzt modern.

Und wie dann alle beieinander gewesen sind und alle die weg waren, die beim Kurs nichts verloren gehabt haben, hat die Kursleiterin, die Huber-Zenzi, die Muster ausgepackt und auf den langen Tisch gelegt. Ich hab mich gleich in ein großes Tischtuch verliebt. Naturfarbenes Leinen und Hirsche, Bäume und Sterne mit roten Kreuzstichen draufgestickt. Da hab ich gewusst, womit ich mir die langen Abende im Winter vertreiben werd, weil ich die frühe Dunkelheit mit jedem Jahr, das ich älter werde, weniger mag. Als junges Dirndl waren sie mir das Liebste. Wahrscheinlich nur deshalb, weil Weihnachten vor der Tür gestanden ist und ich das so gern gehabt hab. Schnee und Kekse backen und es zuhause in der Stube gemütlich haben. Am Hof hat man es damals in der Jahreszeit nach dem Ernten und dem Obstverwerten nicht mehr so schwer gehabt. Gernhaben tu ich Weihnachten noch immer, aber in meinem Alter fragt man sich schon manches Mal, wie viele Heilige Abende man noch erleben wird.

Nur so groß, hab ich gesagt, werd ich das Tischtuch nicht machen, sonst erleb ich es am End nicht mehr. Da haben alle zum lachen angefangen und ich gleich mit, aber ein Körnchen Wahrheit ist in meinem Reden schon auch drinnen gesteckt.

Jede, aber wirklich jede hat was gefunden, das ihr gefallen hat und gleich mit der Arbeit anfangen wollen. Die Huber-Zenzi hat nämlich nicht nur Muster mitgehabt, sondern auch Stoffe, Leinen und Stickgarn.

Die Frau Lisi hat sich Servietten ausgesucht, mit einem Muster ohne Hirsche, weil das nach Wien nicht so gut passt, hat sie mir gesagt. Und ich war froh, dass sie sich keine Trenzpatterln für kleine Kinder mit Enten oder Vogerln ausgesucht hat, da hätt der Herr Kriminalinspektor vielleicht wieder Zustände bekommen. Das kann ich mir schon vorstellen, dass einen das ein bissel narrisch macht, so ein Kinderwunsch, wenn sonst noch nichts geregelt ist. Und der Jüngste ist er ja auch nicht mehr.

Gemütlich war es, wie wir da alle gesessen sind, jede eine Arbeit in den Händen. Und geplaudert haben wir wie in alten Zeiten, wo wir jungen Mädeln im Winter mit unseren Handarbeiten in der Küche zusammengekommen sind. Das war immer lustig, sogar wenn wir nur dicke Männersocken gestrickt haben.

Die Wendel-Kathi hat natürlich wieder mit dem Krippenspiel und ihrem Neffen anfangen müssen, aber wie alle sie ausgelacht haben, weil sich niemand den dicken, schlimmen Buben in der Krippe hat vorstellen können, war sie still. Und ich hoff sehr, dass sie nicht mehr damit anfangen wird, weil es eine ganz depperte Idee ist, und vor allem, weil sie im Pfarrgemeinderat gar nichts zum sagen hat. Ich glaub, von uns allen tut es ihr am meisten leid, dass der alte Herr Pfarrer damals die Treppen von der Kanzel runtergefallen ist und sich so schwer verletzt hat, dass er nimmer zurück zu uns in die Pfarrgemeinde hat kommen können. Weil sie damals noch wer war, sozusagen. Schuld dran war der alte Herr Pfarrer, dass sie immer geglaubt hat, dass sie was Besonderes ist. Mit dem jungen Herrn Pfarrer geht das jetzt nicht mehr, weil sich der sehr mit der Jugend abgibt, was ich richtig find. Das ist nämlich die Zukunft, sag ich immer, nicht die alten Leute. Aber manche sehen das gar nicht so, weil ihnen Kinder in der Messe auf die Nerven gehen.

Kaffeepause haben wir noch nicht machen können, weil wir noch nicht so lange am Arbeiten waren und man nicht einfach zwischendurch von einem Stück Kuchen abbeißen kann, da sind dann die Finger ganz pickig und man macht die ganze Stickerei dreckig. Und nach jedem Bissen kann man auch nicht aufstehen zum Händewaschen, weil man so mit der Arbeit nicht weiterkommt. Aber gefreut hab ich mich, weil ich schon gesehen gehabt hab, was für gute Sachen auf uns gewartet haben. Der Kaffee war schon fertig, der ist dort in einer Thermoskanne gestanden, und Schlagobers haben die Frauen auch mitgebracht. Dieses Mal hab ich nichts richten müssen. Wenn wir uns im Pfarrgemeindesaal treffen, werden immer drei ausgesucht oder melden sich gleich selber, die backen dann für alle was und bringen es mit. Und wenn am Schluss noch was überbleibt, bekommt jeder noch etwas für zuhause eingepackt.

Und obwohl ich schon am Anfang gern was gekostet hätt, ist die Zeit wie im Flug vergangen. Ganz erstaunt war ich, wie die Huber-Zenzi hinten bei der Kredenz mit dem Geschirr zum scheppern und den Tisch zum decken angefangen hat. Die anderen haben Kaffee eingeschenkt und die Kuchen in Stücke geschnitten. Einen Baum und einen Hirschen hab ich schon fertig gehabt, das hat mich auch gefreut, und jede hat ihre

Stickerei hergezeigt und was sie schon weitergebracht hat. Es war ein rechter Spaß, auch wenn ich mir beim Aufstehen ein wengerl schwergetan hab, wie immer, wenn ich länger sitz.

Wir haben uns zum Tisch hingesetzt und die Zwerschina-Gerti hat mir in die Kaffeetasse einen großen Löffel Schlagobers gegeben und noch einen auf die Sachertorte. Die hab ich mir ausgesucht gehabt, weil wir die zuhaus fast nie backen.

Aber dann, grad dann, wie ich den ersten Bissen im Mund gehabt hab, hat es plötzlich angeschlagen. Das Zinnglöckerl von der Kirche in Siebenstein.

27

Ein Handy läutet wohl immer dann, wenn einem nicht danach zumute ist. Dies dachte Patrick Sandor, als es in seiner Rocktasche klangvoll bebte. Müller. Er legte das Handy auf die Bank, das Gespräch nahm er nicht entgegen. Am Vortag hatte er angekündigt, am Abend wieder nach Neiselbach zurückzufahren, das musste genügen. Sollte Müller von einem möglichen Diner à deux berichten wollen, so gestattete sich Sandor ad momentum, daran nicht interessiert zu sein. Auch nicht daran, wie man den heutigen halben Tag verbracht hatte. Zu wenig Empathie, wie es schien, aber er musste selber zu Atem kommen.

„Manchmal fängt es so an", bemerkte der Obdachlose und schob seine rote Wollmütze zurecht, „dass man von nichts etwas wissen will."

Mit so viel Drama könne er nicht aufwarten, erwiderte Sandor, aber ein wenig Ruhe sollte doch möglich sein.

Indessen brüllte am Wasserbecken vor der Karlskirche unbeirrt das Kind, das Autohupenkonzert schwoll crescendo an. Auf den Latten der Parkbank begann Sandors Handy erneut, klangvoll zu beben. Diesmal hob er ab. Seine Antworten konnte man erbötig nennen, er versprach ein unverzügliches Kommen.

„Nun denn", sagte er zu dem Obdachlosen, der sich mit ihm erhoben hatte.

„Vielleicht gibt es schönere Zeiten; aber diese ist die unsere. Auch Jean-Paul Sartre", sagte der Obdachlose und knöpfte seinen Fischgrätmantel zu.

„Ich denke, ich komme Sie wieder besuchen", verabschiedete sich Patrick Sandor.

28

Ganz ruhig sind wir alle gesessen, keine hat weitergegessen oder mit dem Besteck geklappert, alle haben wir die Schläge vom Zinnglöckerl mitgezählt. Und wie es nach dem dreißigsten Mal weitergeschlagen hat, da haben wir gewusst, dass wieder ein Mannsbild zu Tode gekommen ist, sonst wär es nach dem dreißigsten Glockenschlag still geblieben.

Marantana, hab ich da wieder laut gesagt, weil ich das immer sag, wenn ich mich schrecke. So viele Leut leben ja nicht bei uns in Neiselbach, dass alle paar Tage wer sterben könnt. Und von den Älteren war eben auch keiner krank, auch wenn es in dem Alter von einem Moment zum anderen aus sein kann. Da sind dann schon ein paar von uns aufgestanden, zu den Fenstern gegangen und haben rausgeschaut, ob man vielleicht draußen was sieht.

Die Tante vom Fürchtenbert steht in einem grünen Kostüm da draußen mit dem Herrn Pfarrer und redet auf ihn ein, hat dann wirklich die Huber-Zenzi gesagt.

No, da wollten natürlich alle hinaus, fragen, was los ist. Ich wollt schon auch mit, mit meinem Stock, aber nicht wegen der Tratscherei, sondern weil man sich im Leben für was interessieren muss.

Wie sie uns hat kommen sehen, die Frau Tante Adele, hat sie sich gleich ganz nah zum Herrn Pfarrer gestellt, als möcht er ihr allein gehören, grad, dass sie sich nicht eingehakt hat, und die Augenbrauen hat sie hochgezogen und die Lippen immer nach vor und nach hinten bewegt. Das kenn ich schon vor ihr, das macht sie allerweil so, wenn sie sich wichtig vorkommt.

An dem Tag war sie aber leider wirklich wichtig, weil sie die war, die den Toten gefunden gehabt hat.

Den Ritter-Poldi, den ganz schön viele seit ein paar Tagen haben sprechen wollen.

Da ist mir gleich der Hof von ihm eingefallen, und was er da der Frau und der Tochter jetzt hinterlassen hat. Die Heusiloballen vor dem morschen Stall, viele noch vom letzten Jahr, die schon aufgeplatzt gewesen sind, der Dreck, der Gestank und das ganze alte Graffelzeug, das man ja nimmer Traktor oder Werkzeug hat nennen können. Da war ich schon bös, wie ich daran gedacht hab, wie viel Zeit der im Wald verbracht hat, mit der depperten Pirscherei auf Wild, das ihm gar nicht gehört hat. Da hätt er besser seine Sachen in Ordnung gebracht. Ich selber hab aber auch geglaubt, dass er dazu noch genug Zeit haben wird, weil mir der gleiche Fehler passiert ist, der so manchem anderen öfters passiert: Man glaubt, dass man noch alle Zeit der Welt im Leben hat und alles nach hinten verschieben kann. Und so gesehen weiß doch keiner von uns, ob er nicht in der nächsten Sekunde tot umfallt. Der Ritter-Poldi hat sicher auch nicht geglaubt, dass das bei ihm so schnell gehen wird.

Er ist ja auch nicht tot umgefallen, wenn man es genau nimmt, sondern oben bei der Fütterung erschossen worden. Ja, bei derselben Fütterung, bei der schon der Goldbacher-Leonhard dran glauben hat müssen.

Das ist jetzt aber nicht wahr, hab ich da gleich zum Herrn Pfarrer gesagt, weil ich mir das nicht vorstellen hab können. Zuerst ist so lang eine Ruh und dann gibt es gleich zwei Tote im Wald. Da hat die Frau Tante die Lippen wieder nach vor und nach hinten bewegt und die Augenbrauen hochgezogen.

Das kommt davon, weil der Ritter-Poldi den Herrn Pfarrer beim Erntedankfest eine Tabernakelwanze geschimpft hat, hat die Wendel-Kathi gleich getratscht.

Da hab ich sie beim Arm genommen und ihr geflüstert, ob sie jetzt ein wengerl ihr Mundwerk halten kann, weil es was Wichtigeres zum reden geben würd als ihre depperte Tratscherei. Und dass der Herr Pfarrer jetzt vielleicht gekränkt wär, und dazu könnt sie sich wirklich gratulieren.

Ich weiß nicht, ob es wirklich so war, weil der Herr Pfarrer nichts drauf gesagt hat, nur, dass er den Singer-Simon schon angerufen hat, damit der gleich in den Wald hinauffährt und nach dem Rechten schaut, weil man einen Tatort doch sichern muss. Genau so hat er das gesagt, und ich hab mir gedacht, dass er das sicher im Fernsehen gehört hat, dass man das so nennt. Nur bei der Frau Ritter wär noch niemand gewesen, aber da wollt er jetzt gerade hin.

Da hat die Frau Tante Adele gesagt, was sie denn jetzt hier soll, und wenn sie so drüber nachdenken würd, wär ihr gar nicht gut, weil sie ja auch den Toten gefunden hätt. Dann hat sie an einer Anstecknadel mit Perlen herumgewurstelt und gesagt, dass sie aber auch nicht zu der Frau von dem Toten mitgehen will, weil sie in den letzten Tagen von dieser Familie mehr als genug zum hören bekommen hat.

Weil ihr Neffe, Graf Fürchtenbert hat sie zu ihm gesagt, gar nicht Herr Hanno wie wir alle, den toten Mann für den Mörder vom Verwalter gehalten hat, wie er noch am Leben war. Und mit Verwalter hat sie den Goldbacher-Leonhard gemeint. Es wär ihrem Neffen nicht zum ausreden gewesen, diese Idee, richtig komisch wär ihr das vorgekommen, dass der um jeden Preis dem jetzigen Toten die Schuld in die Schuhe hat schieben wollen. Aber der Neffe wär so an dem Verwalter gehangen, ohne den wär er ganz hilflos, das hätt sie selber gesehen an dem Wochenende, wie er so gar nicht gewusst hat, wie er mit den Jagdgästen umgehen soll. Da könnten einem schon manchmal die Nerven durchgehen und da würd man dann was anstellen, was einem im Nachhinein leidtun würd. Der Vater vom Neffen wär ja auch so ein Aufbrausender gewesen, der Graf Fürchtenbert.

Dann hat sie die Lippen wieder nach vor und nach hinten bewegt und die Augenbrauen hochgezogen.

Und ich hab mir gedacht, wenn sie noch lang weiterredet, redet sie den Herrn Hanno um Kopf und Kragen, weil man so ganz leicht auf die Idee kommen hätt können, dass der Herr Hanno irgendwie in das Ganze mit hineinverwurstelt ist.

Da hab ich gesagt, wenn ihr nicht gut ist, soll sie zum Kirchenwirten hinüber gehen auf einen Schnaps. Wie sie von dort dann nach Hause kommen könnt, hab ich nicht mehr gesagt, weil es mich nicht interessiert hat. Nicht, nachdem ich gehört hab, was sie so daherredet, wenn der Tag lang ist. Aber ich hab mir gedacht, dass der Herr Pfarrer das sicher gar nicht weitererzählen wird, weil er ja mit dem Beichtgeheimnis vertraut ist. Was die Frau Tante Adele da von sich gegeben hat, war ja zwar keine Beichte, aber wenn man das Mundhalten gewöhnt ist, dann glaub ich, dass man sich das Weitertratschen gleich ganz abgewöhnt.

Und gedacht hab ich mir, dass man den Herrn Sektionschef Sandor anrufen sollt, weil wieder so ein Elend bei uns heraußen passiert ist und es besser wär, wenn er aus Wien zurückkommen würd, bevor sich wegen dem blöden Herumgerede alles zum Schlechten wendet.

29

„Wie geht es Ihrer Amour fou?“, fragte Patrick Sandor seinen Müller, als er zurück nach Neiselbach kam.

„Sie hat am Nachmittag mit den anderen Frauen vom Stickerei-Kurs oben im Pfarrgemeindesaal gestickt“, sagte Müller und zupfte zärtlich an seinem rotblonden Schnurrbart.

„An ihrer Aussteuer, weil Sie ihr einen Heiratsantrag gemacht haben?“ Sandor knöpfte seine Lodenjoppe zu. Den grauen Anzug mit Gilet und den blauen Kaschmirmantel trug er nicht in Neiselbach.

Man stand im Schatten vor der Kirche in Siebenstein. Nach einem angenehm milden Tag wurde es spürbar kühl. Die Damen des Stickkurses hatten sich in den Gemeindesaal zurückgezogen, Tante Adele hatte den Kirchenwirt ihrer unwürdig und den Schnaps unter jeglicher Kritik gefunden und war nach Fürchtenbert zurückgefahren. Unter Aufbietung all ihrer Kräfte, hatte sie Simon Singer gegenüber nachdrücklich betont. Dieser war wieder zum Tatort bei der Hirschfütterung hinaufgefahren, die Spurensicherung hatte ihre Arbeit dort noch nicht abgeschlossen.

Tante Adele hatte also den Toten gefunden. Wieso und warum sie mit ihrem Auto dort oben auf Forststraßen herumgefahren war, um alsdann zu Fuß zwischen Bäumen und über Waldboden weiterzustolpern, hatte sie nur unzureichend und vage beantwortet. Streng genommen hatte sie dort nichts verloren gehabt, Grund und Boden gehörten nicht der Familie Fürchtenbert, sondern den Goldbachers. Und selbst wenn es Fürchtenberts Besitz gewesen wäre, wäre Tante Adeles Anwesenheit bei der Hirschfütterung unerwünscht gewesen, sakrosankt der Ort, hatte Singer dem Müller erklärt, der ja betreffs Wald-Etikette und Pirsch-Ethik ein Ahnungsloser war.

Der Pathologe hatte den Toten wegbringen lassen, als ungefähren Zeitpunkt des Ablebens den Sonntagnachmittag angegeben, und man durfte sich auf das Erfragen der Alibis in Frage kommender Personen freuen. Wie sollte man bei Freizeitstunden schon großartig wissen, wer wo tatsächlich gewesen war. Die Wälder und Spazierwege in diesem Tal waren mannigfaltig.

Dank Tante Adele wusste man allerdings, dass Hanno Fürchtenbert seine Jagdgäste zu Hochständen gebracht und sich selber frei genommen hatte, keine Zeugen also für die Tätigkeiten, denen er nachgegangen war. Was wohl so viel hieß, wie dass er kein Alibi hatte. Dies hatte sich Tante Adele von Simon Singer noch versichern lassen. Und dass ihr Neffe an seinen Hirschen, doch auch an seinem Verwalter kolossal hängen würde, war doch in Hinblick auf das abrupte Dahinscheiden des nunmehr toten Wilderers und Mörders eigentümlich beachtenswert. Das sagte sie tatsächlich.

Gefallen habe das alles Revierinspektor Singer, der mit Hanno Fürchtenbert die Volksschulbank gedrückt hatte, keineswegs. Und habe er bis jetzt die Jagd als Mordmotiv für den ersten Mord als recht und billig erachtet, so sei ihm nun das Thema der Weiblichkeit als Beweggrund doch lieber gewesen. Das habe er durchblicken lassen. Das Problem war jedoch, dass Eifersucht als Motiv, ob weiblich oder männlich, nicht zu beiden Morden passte. Nicht, wenn man bedachte, dass Ritter-Poldi eine durchaus schmuddelige Erscheinung gewesen war, die wohl nicht ein einziges weibliches Herz betört hätte, das an Leonhard Goldbacher Gefallen gefunden hatte. Und ein zweiter Mörder, der aus ganz anderen Gründen zur gleichen Zeit in dem engen

Tal herumschlich, sei nach der Wahrscheinlichkeitstheorie wohl beiseitezulassen.

All dies berichtete Müller geradezu akribisch, die Antwort auf die Frage nach der gestickten Aussteuer blieb er schuldig.

30

Wie dann die Männer vor der Kirche in Siebenstein schon weg gewesen sind, da war es dann auch mit dem Stickerei-Kurs vorbei. Kaffee haben wir schon alle getrunken gehabt und Kuchen war gar nicht mehr so viel übrig, da haben nur noch ein paar von uns was für daheim mitnehmen können. Der Frau Lisi hat es richtig gut gefallen gehabt und ich glaub, das war gescheit, dass sie einmal was anderes im Kopf gehabt hat als wie ihren Herrn Kriminalinspektor, der ja nichts dafür kann, dass sie sich dauernd nur für ihn interessiert. Ich versteh schon, dass einem das auf die Nerven gehen kann. Ganz hübsch weitergekommen ist sie mit ihrer Stickerei, bevor das Theater mit der Frau Tante Adele vor der Kirche losgegangen ist. Da hat sie am Abend schon einiges zum Herzeigen gehabt. Nachher ist bei uns allen mit der Stickerei ja nicht mehr so viel weitergegangen. Da haben wir uns mehr über das unterhalten, was grad passiert ist. Ich hab dann schon zum zusammenpacken angefangen, weil ich nicht in der Dämmerung nach Hause fahren wollt, der eine Scheinwerfer vom alten Traktor leuchtet nicht mehr so hell, das mag ich nicht. Auch nicht, wenn ich so gut wie nur auf Forstwegen dahinfahr.

Da hat der Herr Pfarrer noch einmal bei uns hereingeschaut, vielleicht hat er nicht gleich Lust gehabt, allein zu sein, weil er von der Frau vom Ritter-Poldi zurückgekommen ist und das immer was Trauriges ist, wenn man der Familie sagen muss, dass was passiert ist. Ganz gleich, wie der Verstorbene als ein Lebender gewesen ist. Die Frau hat es zuerst gar nicht glauben können, der ist der Mann noch gar nicht abgegangen, weil er in den letzten Jahren so viel im Wald unterwegs gewesen ist, mehr als wie zuhaus, möchte ich sagen. Sie hat gar nicht glauben mögen, dass er dieses Mal nicht mehr kommt. Und dann hat sie eine richtige Wut auf ihn bekommen, weil er sie mit dem ganzen Mist und der Unordnung allein zurückgelassen hat. So hat der Herr Pfarrer das natürlich nicht erzählt, weil er ein feiner Mensch ist, aber ich hab zwischen den Zeilen lesen können. Und die Frau vom Ritter-Poldi hab ich verstanden. Vielleicht wär es mir ganz ähnlich gegangen, wenn ich mit so einem verheiratet gewesen wär. Wo die Lieb halt hinfällt, hat die Großmutter immer gesagt, und Recht hat sie gehabt, da hat man sich schon manchmal fragen können. Es hat mir auch um die Tochter leidgetan, die er aus der Berufsschule genommen hat, damit die zuhaus zwischen dem Misthaufen und den Heuballen herumkriecht, während er im Wald herumrennt, auf Wild schießt und schaut, dass man ihn dabei nicht erwischt. Wenn dann alles wieder ruhiger geworden ist, hab ich mir gedacht, in ein paar Wochen, werd ich mit dem Herrn Sektionschef reden, ob man da nicht noch was machen kann, mit der Tochter. Dass sie wieder einsteigen kann in eine Berufsschule. Nur den Mist vom verstorbenen Vater wegräumen, ohne einen erlernten Beruf, das ist nichts.

Und dann hat der Herr Pfarrer noch gesagt, dass am Mittwoch um drei Uhr am Nachmittag das Begräbnis vom Goldbacher-Leonhard sein wird, und dass wir die Ersten sind, die davon hören. Bis auf den Goldbacher-Severin, bei dem wär er schon in der Früh gewesen, bevor das alles mit dem Ritter-Poldi passiert wär. Und er wüsst nicht, ob der das so richtig verstanden hätt, weil er nur dort gesessen wär, ein Gewehr geputzt hätt, und nicht Ja und Amen zum Begräbnistermin gesagt hätt. Ob er einen Schnaps haben will, das hat er schon gefragt, aber sonst nichts. Und die alte Frau, no, die Burgi, die wär vor der Tür gesessen und hätt was gerupft. Was, hat der Herr Pfarrer nicht erkennen können und fragen hat er nicht wollen. Und da hab ich mir wieder gedacht, dass man nach dem Begräbnis schauen sollt, wie das mit der Burgi beim Severin weitergeht. Nicht, dass man sie in ein Altersheim wegsperrt, wenn sie nicht will, aber vielleicht kann wer jeden Tag dort hinauf und ihnen die Wirtschaft führen. Kochen und Putzen und Wäschewaschen. Was halt so dazugehört. Weil das ewige Vögelschießen und -rupfen, das hat auch so nicht weitergehen können bis in alle Ewigkeit. Und Erben hat es ja nun eben keinen mehr gegeben.

Da hat die Huber-Zenzi gesagt, sie wird sich um den Blumenschmuck in der Kirche kümmern, weil der Goldbacher-Severin an sowas nicht denken würd. Sicher nicht, hat da der Herr Pfarrer gemeint, weil es dem sogar wurst gewesen ist, was der Organist auf der Orgel spielt.

Dann war es aber höchste Zeit, dass ich losgefahren bin, weil es nicht mehr ganz so hell gewesen ist. Wenn bei mir niemand zuhause ist, bin ich nicht gern unterwegs, weil ich, wenn was mit dem Traktor sein sollt, den Sohn nicht anrufen kann, der mir helfen würd. Und jemand anderen bitten, das hab ich nicht so gern.

Lang hab ich den Traktor nicht im Schupfen abgestellt gehabt, da hat der Herr Sektionschef Sandor noch bei mir hereingeschaut, weil er sich bedanken wollt, dass ich ihn gleich anrufen hab lassen, weil wieder ein Unglück passiert ist. Aber fast glaub ich, dass er wegen einem Essen vorbeigekommen ist, zum Bedanken hätt er ja auch telefonieren können. Ich hab gewusst, dass er ganz schnell von Wien hergefahren ist, weil ich gewusst hab, wann der Singer-Simon ihn angerufen hat und wann er oben in Siebenstein vor der Kirche angekommen ist. Da war er auch schon umgezogen und hat die Lodenjoppe angehabt. Jetzt kenn ich ihn schon und weiß, dass er nie in der Joppen nach Wien fahrt, aber in Neiselbach nicht mit seine Stadtkleider herumrennt. Da ist er ein ganz ein Heikler. Und danach erst ist er von Siebenstein nach Fürchtenbert gefahren.

Zuerst einmal hab ich ihm eine Bohnensuppe hingestellt, bevor er angefangen hat, mir was zum erzählen, was anderes hab ich leider nicht gehabt, weil wir unter der Woche keinen Braten ins Rohr schieben, sondern Sachen kochen, die man schnell abbraten kann, oder etwas, was man aufwärmen kann, eine Suppe oder einen Eintopf. Da kann dann jeder kommen, wann er will. Das ist, wenn man noch in den Stall muss, was Angenehmes. Für den, der kocht, und für den, der was essen will.

Drüben in Fürchtenbert, da war die Hölle los, das hat er nicht gesagt, der Herr Sektionschef Sandor, aber ich hab es mir denken können. Die Frau Tante Adele hat dem Herrn Hanno nämlich erzählt, was sie so dahergeredet hat, wie sie mit dem Singer-Simon gesprochen hat. Dass der Ritter-Poldi nicht der Mörder gewesen sein kann, weil er jetzt selber tot ist. Und dass er, der Herr Hanno, die ganze Zeit nicht davon hat runtersteigen wollen, dass der doch der Mörder gewesen sein muss. Da hat der Herr Hanno sie gefragt, ob sie den Verstand verloren hat. Ja, genauso hat der Herr Sektionschef das erzählt. Und das war ja auch genau das, was ich mich schon in Siebenstein gefragt hab.

Da hab ich gesagt, dass ich mir das gar nicht vorstellen kann, dass es der Herr Hanno gewesen sein soll, der den Ritter-Poldi erschossen hat. Weil den eigenen Verwalter wird er schon nicht erschossen haben, da hätt er sich ins eigene Fleisch geschnitten.

Aber ob ich mir das vorstellen kann oder nicht, darauf kommt es nicht an, nicht im Leben und auch nicht bei einem Mordfall. Nur darauf, wie etwas wirklich passiert ist.

Und die Frau Tante Adele ist dann schiach geworden und hat gesagt, jetzt wo die Jagdgäste endlich weg sind, kommen die Polizei-Leute daher, und die würde auf Fürchtenbert wohl keiner brauchen, weil das alles Proleten wären. Es ist aber nur der Herr Sektionschef da gewesen, und der ist ein feiner Herr und mit dem Herrn Hanno in dieselbe Schule gegangen.

Deswegen hat der Herr Sektionschef lieber nicht drüben in Fürchtenbert essen wollen. So denk ich es mir halt.

31

Revierinspektor Simon Singer hatte an diesem Dienstagmorgen wenig Lust, zu Severin Goldbachers Hof hinaufzufahren. Severin wusste jedoch noch nicht, dass Leopold Ritter erschossen worden war, da ihn am Vortag niemand darüber informiert hatte. Das war auch keine Verpflichtung für Singer, er wollte jedoch einen Eklat beim Begräbnis am Mittwoch möglichst vermeiden – und es lag auf der Hand, dass die eine oder andere Erwähnung über Ritters Dahinscheiden fallen würde. Singer wollte sich nicht einmal vorstellen müssen, was herauskommen würde, wenn der alte Severin Goldbacher es auf diesem Weg erfuhr, er hätte ohne Zweifel als Erster Bescheid wissen wollen. Ein Spektakel, über das man noch in dreißig Jahren sprechen würde, dessen war er sich sicher. Womöglich eine Schlägerei, Herumgewälze auf Gräbern und Stiefmütterchen. Sektionschef Sandor und Kriminalinspektor Müller hatten wenig Neigung bekundet, ihn auf diesem Weg zu begleiten, Amtsweg war es ja streng genommen keiner. Simon Singer konnte sich ganz entschieden des Eindrucks nicht erwehren, dass die beiden ländliche Dramatik nur allzu unbekümmert auf die leichte Schulter nahmen.

Severin Goldbacher war jedoch gar nicht zugegen. Die stocktaube alte Burgi stand im fleckigen Schürzenkleid in der Küche, Federn im wirr aufgesteckten Haar, und rührte in einem dampfenden Topf. Die Lippen über den Gaumen in den Mund gezogen, kaute sie von Zeit zu Zeit zahnlos an der Innenseite ihrer Wangen. Es roch verführerisch nach Geflügel, doch Simon Singer wusste, dass Herkömmliches sich sicherlich nicht im Topf befand. Saatkrähen und Eichelhäher statt Pute und

Huhn. Der Versuchung, eine mündliche Nachricht für Severin zu hinterlassen, widerstand er mühelos. Die alte Burgi hatte weder sein Kommen noch seine Anwesenheit bemerkt.

Als er mit dem Dienstauto wieder talwärts fuhr, holte Simon Singer erleichtert Luft. Pflicht und Schuldigkeit hatte er getan, mehr konnte man nicht verlangen. Sollte es beim Begräbnis Ärger geben, so war es nicht seine Schuld.

32

Der Mond war schon wieder im Abnehmen und die Nächte nicht mehr so hell, weil das Wetter gerade dabei war, ein anderes zu werden. Am Himmel sind die Wolken dahingezogen. Die Hirsche haben nicht mehr geröhrt in der Nacht und ich hab mir gedacht, dass es mir leidtun würde, wenn es das für dieses Jahr wirklich schon gewesen sein sollt. Wie es kommt, kommt es, hat die Großmutter allerweil gesagt, aber immer passt es einem dann doch nicht, wie es kommt. Und wie mir der Sohn die Krankenkassaschuh angezogen gehabt hat, bin ich mit dem Wolfi hinaus vor die Tür, hinüber zu meinem Lieblingsplatz bei den Haselstauden. Da ist er mir davon, der Wolfi, so schnell hab ich gar nicht schauen können, da hat kein Rufen und kein Pfeifen mit dem Pfeiferl was genützt. Ein paar Mal im Jahr passiert das, weil der Wolfi sich in die Tina verschaut hat. Das ist dem Nachbarn seine Hündin, eine große, rotblonde, mit langem Fell, von der man nicht weiß, was sie für eine Rasse ist. Öfters hab ich sie schon gesehen, wie sie oben am Hügel gestanden ist und auf unseren Hof runtergeschaut hat. Von Zeit zu Zeit hat sie da gebellt, als möcht sie den Wolfi rufen, und der, ja der, ist gleich zu ihr gelaufen, wie die Mannsbilder halt so sind. Liebe gibt es auch bei den Viecherln.

Gern hab ich das nicht, wenn er so allein unterwegs ist, aber meistens kommt er nach einer halben Stunde wieder zurück, da tu ich mir das nicht immer an, dass ich ihm nachrenne, ganz allein mit dem Stock bergauf. Außerdem hab ich an dem Vormittag noch zur Heidi hinunter wollen. Bei ihr in der Frisurstube kriegt man einen guten Kaffee, wir in Neiselbach haben ja kein Kaffeehaus, sowas brauchen wir auch nicht, weil wir alle selber backen. Aber bei der Heidi trinken wir gerne einen. Nur, allein wegen einem Kaffee hätt ich nicht zur Heidi wollen, eine neue Dauerwelle hab ich gebraucht. Früher einmal hab ich lange Haar gehabt, aber mit der Zeit ist mir das Aufstecken zu viel geworden und die Schwiegertochter hat auch nicht immer Zeit gehabt, da hab ich sie mir schneiden lassen und eine Dauerwelle machen. Das schaut immer ordentlich aus und man hat eine Ruh. Und eigentlich bin ich ganz froh, dass ich jetzt öfters hinmuss, weil ich mir so gern den Kopf waschen lass. Und weil die Schwiegertochter eh zuhaus gewesen ist, hab ich gar nicht auf den Wolfi warten müssen, weil ich gewusst hab, in spätestens einer Stunde ist er wieder da.

Gefreut hat sich die Heidi, wie der Sohn mich zu ihr gebracht hat, weil ich schon eine ganze Weile nicht bei ihr gewesen bin. Solange es noch was zum Einkochen gibt im Herbst, komme ich nicht leicht aus dem Haus, und dann ist mir immer ein bissel leid um die Dauerwelle, weil ihr der Dampf beim Rühren über dem Kochtopf nicht guttut, und so ein Kopf kostet ja nicht grad wenig. Es war sonst noch keine Kundschaft im Geschäft, aber bei der Heidi kann sich das von einer Minute zur anderen ändern, dann ist da gleich ein Wirbel. Das mögen die Mannsbilder gar nicht, wenn sie zum Haarschneiden kommen und alles tratscht durcheinander, oft gehen sie dann gleich wieder und lassen sich von der Heidi zuhause anrufen, wenn alle Weibsbilder weg sind. Es hat mir aber auch gefallen, dass noch keiner da war, weil die Dagmar, das Mädel bei der Heidi, die immer die Haare wascht, sich Zeit hat lassen können, und das war herrlich. Die Heidi hat ein bissel mit mir plaudern können, ohne dass wer nebenbei sitzt, der lange Ohren macht. Das war gut so, weil ich nicht wollt, dass wer glaubt, ich will die Heidi ausfratscheln, weil ich wissen will, was die anderen so daherreden.

Viel ist es eh nicht gewesen, weil der Mord am Ritter-Poldi den meisten einen Strich durch die Rechnung gemacht hat. Man hat halt geglaubt, dass der Ritter-Poldi den Leonhard auf dem Gewissen hat, das war am bequemsten, weil er nicht beliebt gewesen ist. Jetzt, wo er selber tot war, war es den meisten gar nicht recht, dass sie sich um einen neuen Mörder haben umschauen müssen und ihnen keiner einfallen hat wollen, der beide erschossen hätt. An zwei Mörder hat keiner geglaubt.

Dass es was mit der Jagd zu tun haben muss, das haben aber alle geglaubt, weil beide Jäger gewesen und bei der Hirschfütterung erschossen worden sind, und der Mörder auch einer ist, der mit einem Gewehr umgehen kann und außerdem eines zuhause stehen haben muss. Das hat ja auch nicht jeder.

Von den Grenzsteinen vom Zwerschina-Karl, die von alleine herumspaziert sind, zum Goldbacher-Leonhard hinüber, und den Streitereien wegen der Hirschfütterung bei der Reviergrenze war keine Rede mehr. Weil das mit dem Ritter-Poldi nichts zu tun gehabt hat, also hat es auch nicht für beide Morde gepasst.

Dafür hat auch keiner mehr irgendwelche Weibergeschichten vom Leonhard erwähnt, weil sie zum Mord am Ritter auch nicht gepasst hätten, jedenfalls hat man da nichts von ihm gewusst. Also hat man auf einen eifersüchtigen Mann aus Wiener Neustadt, der dahergekommen wär, um den Leonhard zu erschießen, auch vergessen können.

Das alles hat mir die Heidi erzählt. Grad, wie sie fertig war, ist die Tür aufgegangen und die Zwerschina-Gerti ist hereingekommen. Der Sohn, der Vinzenz, hat sie aber nicht gebracht, weil der in der Schule gewesen ist.

Da hat die Heidi mir ein bissel was von den Haaren abgeschnitten und die Dagmar hat angefangen, der Gerti die Haare mit einem Färbemittel einzupinseln, weil die keine grauen Haare haben will. Mir wär sowas ja zu blöd. Da musst alle paar Wochen laufen, damit man das Nachgewachsene nicht sieht. Und am komischsten find ich, dass die, die es färben lassen, gar nicht so gerne drüber reden wollen. Dafür sagt die Heidi immer, ob sie die blonden Haar nachfärben soll, weil sich das besser anhört als wie graue Haar. Und wenn man sie lange genug gefärbt hat, weiß man eigentlich gar nicht mehr, wie die Naturfarbe einmal ausgeschaut hat, so stell ich mir das vor. Man selber nicht und die anderen schon gar nicht.

Schön machen lassen fürs Begräbnis wollt sich die Zwerschina-Gerti, genau wie ich, und ich hab gewusst, dass da an dem Tag noch viele kommen werden. Der Goldbacher-Leonhard war nämlich sehr beliebt. Und da sind auch schon zwei bei der Tür hereingekommen, während die Dagmar meine Haar auf Lockenwickler aufgedreht hat und dann den Kaffee holen gegangen ist, auf den ich mich schon so gefreut hab.

Die Tür ist dann gleich wieder aufgegangen und da war ich selber schon ein wengerl überrascht. Die Frau vom Ritter-Poldi ist hereingekommen, auf eine Frisur und was so alles dazugehört. No, da hab ich einmal Beileid gewunschen und die Heidi auch. Aber der Heidi hab ich schon auch angesehen, dass sie im ersten Moment gar nicht weiß, was sie sonst noch sagen soll, man hat ja erst am Vortag, am Montag nämlich, erfahren gehabt, dass der Ritter-Poldi seit Sonntagnachmittag tot oben im Wald herumgelegen ist. Ich glaub, da war die Heidi froh, dass sie mit ihr über einen Haarschnitt reden hat können und über eine neue Haarfarbe. Weil sowas wollt die Frau vom Ritter auch haben. Die Heidi hat ihr den Musterkatalog gezeigt und ein paar Hefteln, wo neue Frisuren zum Aussuchen drinnen waren. Und ich hab mich gefragt, ob sie das für das Begräbnis vom Leonhard hat haben wollen oder für das Begräbnis vom Mann, und dass es vielleicht ein wengerl früh ist für eine Frisur, weil der Mann doch kaum tot gewesen ist.

Und plötzlich hat die Frau gesagt, dass sie jetzt ein neues Leben anfangen wird, ganz laut. Da war dann das Eis gebrochen, wie die Großmutter gesagt hätt, weil man da nachfragen hat können, wie sie denn das meint. Das hat die Heidi gemacht, ich nicht, weil ich nicht durch die ganze Frisurstube rufen wollt. Ja, sie und ihre Tochter, hat die Frau gesagt, sie fangen jetzt ein neues Leben an, und sie jetzt gleich mit einer anderen Frisur.

Da hat die Heidi vorsichtig gefragt, ob man denn schon weiß, wann das Begräbnis sein würd. Was denn für ein Begräbnis leicht, hat da die Frau zurückgefragt, sie lasst den Mann gar nicht erst abholen vom Bestatter. Weil er bleiben könnt, wo der Pfeffer wächst. Und deswegen hat sie ihn gleich der Anatomie geschenkt.

No, das hat es in Neiselbach noch nie gegeben.

33

„Gehen Sie morgen zu dem Begräbnis vom Leonhard Goldbacher?", fragte Kriminalinspektor Müller Herrn Sektionschef Patrick Sandor.

Zu Mittag war Wind aufgekommen, herbstliche Blätter trudelten von den Ästen und am Friedhof von Siebenstein war es unbehaglich.

Patrick Sandor war in seinem Heimatdorf im südlichen Burgenland bei den Pfadfindern gewesen und Ministrant in der kleinen Dorfkirche. Das war so üblich und gehörte gewissermaßen zum provinziellen Zeitvertreib. Ein Kirchenlied, das in Österreich gesungen wurde und das er nicht kannte, gab es kaum.

Sein Erscheinen beim Begräbnis gehöre sich wohl, sagte Sandor, und ob man mit der Anwesenheit von Müller und vielleicht auch mit der von Frau Lisi rechnen dürfe, immerhin fraternisiere diese bereits mit den Indigenen. Dazu wolle er nur ein Wort bemerken. Stickkurs.

„Ich weiß ja nicht einmal, wann ich aufstehen, mich setzen oder sonst was soll", antwortete Müller, schloss den obersten Knopf seiner Jacke und steckte die Hände in die Taschen. Zwischen den Grabsteinen von Siebenstein fuhr ihm der Wind durch die Haare und er hätte es begrüßt, eine Mütze am Kopf zu haben. Patrick Sandor trug einen Hut.

„Jetzt schauen Sie sich das an, wie alt die meisten Leute hier werden", sagte Müller, der immer wieder bei einem Grabstein stehen blieb und die Inschrift musterte. „Einiges über neunzig."

„Lauter Friedhofdeserteure", fügte er nach einer Weile hinzu.

„Auf ihre rotzige Genossensprache müssen sie morgen achten", bemerkte Sandor und lüftete den Hut. Eine

Frau mit einer mit Blumen angefüllten Schachtel kam ihnen auf dem Kiesweg entgegen.

„Wann besuchen Sie Ihre Verlobte in Schottland?" Müller klappte seinen Jackenkragen hoch.

Die letzte Flugreise war im Sommer gewesen. Zwei Stunden vor dem Abflug am Flugplatz, der große Koffer eingecheckt, den kleinen als Handgepäck in der Hand. Rasierwasser und Zahncreme waren bedrohlich erschienen, so das Bodenpersonal, und gut einen halben Zentimeter ragten die Rollen seines kleinen Koffers über das erlaubte Maß hinaus. Mit fünfzig Euro hatte er sich freikaufen können. Gürtel und Schuhe hatte er abgelegt, seine Socken wurden perlustriert, terroristische Gerätschaften hatte er darin nicht mitgeführt.

Wo waren die Zeiten geblieben, von denen sein Großvater ihm einst erzählt, in denen man vor dem ersten Weltkrieg selbst nach Nordafrika ohne Pass gereist war. Schon der Großvater hatte dieses Dokument reichlich überflüssig gefunden. Und in Großbritannien hatte die Familie seiner Verlobten ihr Haus vermietet und war nach Kairo gereist, dort den Winter zu verbringen. Allemal wohlfeiler, als zuhause zu bleiben.

Paranoia heutzutage, sagte Patrick Sandor zu Müller, früher einmal sei es einfacher gewesen, und dass er überdies hinter Müllers Fragen unverkennbar Methode entdecke.

Da eben fuhr der offene Leichenwagen die Straße nach Siebenstein herauf, den Sarg hinten auf der Pritsche geladen, und Patrick Sandor lächelte.

„Ist dieses Lächeln Ihr Ernst?", fragte Müller und rieb seine Hände. Man war an der Friedhofstüre angelangt. Außer der Frau mit der Blumenschachtel war bei diesem Wind niemand mehr erschienen. Die Kirchentüren standen weit offen, der Pfarrer war nicht zu sehen, nur eine Frau, die Blumengestecke hin- und herrückte. Vom Chorgestühl schallten Orgelweisen. Man traf Vorbereitungen für den nächsten Tag.

Patrick Sandors Lächeln wurde breiter.

Ein Trauerzug und seine ersten Prügel, die seien ihm jetzt eingefallen, sagte er, das passiere ihm manches Mal, wenn ein Sarg vorüberfahre.

In seiner Kinderzeit war der jüngste Cousin für einige Tage ins südliche Burgenland zu Besuch gekommen, es war wunderbar gewesen. Im Gleichklang ihre Seelen und ihre Kinderspiele, es galt für die beiden kleinen Rothäute, möglichst vieler Weißer habhaft zu werden. Welch Erwachsener auch immer in ihre Nähe geriet und dafür Zeit erübrigen konnte, wurde unter gräulichem Kriegsgeheul gefangen genommen. Dann kam er, der große Tag, der große Coup. Sie waren hügelabwärts gestürmt, Tomahawks schwingend, mit wippendem Federnkopfschmuck, Farbstreifen im Gesicht, den Siedlertreck mit den Planwagen zu überfallen, der unten auf der Straße dahingezogen. Jaulend hatten sie die verschreckten weißen Siedler umkreist, deren entsetzte schwarz gekleidete Squaws Taschentücher auf verweinte Augen drückten.

In allen Ehren hatte an diesem Tag der Bürgermeister des Ortes seine betagte Mutter zu Grabe getragen.

34

Der Wind, der am Vortag zum wehen angefangen hat, der hat über die Nacht nicht mehr aufgehört. Ich hab es pfeifen hören in den Holzritzen, weil unser Haus schon alt ist. Und über Nacht waren auf den Bäumen nicht mehr so viele Blätter, nicht auf allen, aber auf manchen. Und wie jedes Jahr hab ich mir geschworen, dass mir das nicht passiert, dass ich in der Früh aufstehe und die Bäume sind kahl und dass ich mich dann wieder einmal wundern muss, wie schnell das geschehen hat können. Und jedes Jahr passiert es mir dann doch. Aber nicht nur die Blätter sind am Boden gelegen, viele Äste sind auch abgebrochen, weil die meisten unserer Bäume nicht mehr die jüngsten sind. Nur die Misteln sind oben geblieben, und gerade die brauchen wir am wenigsten, weil sie nur Schmarotzer sind. Der Sohn muss sie immer wieder ausschneiden, aber wenigstens hat das Hirschwild eine Freud, wenn man sie am Boden liegen lasst, weil es die so gerne frisst.

An dem Tag bin ich mit dem Wolfi nicht mehr zu meinem Lieblingsplatz mit den Haselstauden hinaus gegangen, weil ich auf dem Wolfi seine Spaßetteln vom Vortag keine Lust und auch keine Zeit dafür gehabt hab. Da hätt es mir nicht gepasst, wenn er mir wieder auf und davon wär. Ich wollt, dass der Sohn oder die Schwiegertochter mich rauf zum Friedhof nach Siebenstein bringen, damit ich das Familiengrab ein wengerl herrichten kann. Grad wenn viele Menschen zum Friedhof kommen, bei einer Hochzeit, einer Taufe oder auch einem Begräbnis, hab ich das nicht gern, wenn was in Unordnung ist, und ein Grablicht hat auch wieder angezündet gehört. Aber es ist sich dann alles ausgegangen, auch, dass ich noch zurück nach Hause hab müssen, weil ich in meinem Neiselbacher Dirndl ja nicht auf den Friedhof geh, um nach dem Rechten zu schauen. Und froh war ich, dass die Schwiegertochter mich rübergeführt hat, weil noch ein bissel was zum zupfen gewesen ist, ich mich so schwer bücken kann und der Sohn damit keine große Freud gehabt hätt. Der ist mehr fürs Grobe.

Und dann waren wir alle drei so weit, dass wir fahren haben können, der Sohn ist auch mit, weil sich das bei uns in Neiselbach so gehört. Bei einer Landwirtschaft kann man sich das ganz gut einteilen, das ist nicht so, wie wenn man in einem Büro arbeiten würd. Da ist man schon sein eigener Herr.

Drüben in Siebenstein, da ist die Aufbahrungshalle, gleich wenn man beim Friedhof rausgeht, beim Kirchenwirt vorbei. Früher einmal hat der alte Herr Pfarrer dort den Sarg und die Kränze aufstellen lassen, und alle sind daran vorbeigezogen, haben sich bekreuzigt und dann vor der Aufbahrungshalle gewartet, weil der Trauerzug von dort wieder auf den Friedhof zurück ist, zum offenen Grab. Dort erst hat der alte Herr Pfarrer die Grabrede gehalten, von der nur die, die ganz vorne gestanden sind, wirklich was gehabt haben, weil man schon in der zweiten Reihe nicht mehr gescheit hat hören können.

Wie dann der neue Herr Pfarrer da war und es geheißen hat, dass er bei uns bleiben wird, hat er gesagt, dass ihm eine Messe in der Kirche lieber ist. Also brauchen wir die Aufbahrungshalle nicht mehr. Was aus der werden soll, weiß man noch nicht so genau. Jetzt kommt der Sarg wieder in die Kirche, wie es früher einmal war, bevor die Halle gebaut worden ist. Da steht er vor dem Altar und jeder kann sich verabschieden, bevor die Messe beginnt, und sich gleich auf seinen

Platz hinsetzen. Da hört man auch alles gut, nicht so wie zwischen den Gräbern, wo ich nie was verstanden hab, weil ich mit den Krankenkassaschuhen und mit dem Stock eine von den Langsamen bin und immer hinten in den letzten Reihen war.

Deswegen hab ich auch dieses Mal wollen, dass wir ein wengerl früher hinüber nach Siebenstein fahren, damit ich, ohne mich zu hetzen, in die Kirche komm, mich vom Leonhard verabschieden kann und mich dann auf meinen Platz in die erste Reihe setzen. Es waren noch nicht viele da, weil es den meisten sonst zu lang dauert, die werden schon ungeduldig, wenn der Herr Pfarrer in einer Messe bei jedem Lied alle Strophen singen lasst. Aber so nach und nach sind sie dann gekommen und in einer Schlange am Sarg und an den vielen Kränzen und Gestecken vorbeigezogen, auch der feine Herr Sektionschef, der Kriminalinspektor Müller und die Frau Lisi, und haben sich nach hinten gesetzt. Wohin genau, hab ich nicht sehen können, weil umdrehen und schauen, das tut man nicht.

Der Singer-Simon war aber nicht mit mit ihnen, weil er zu einem Unfall ins Piestingtal hat müssen, dorthin, wo die vielen Kurven sind und immer wieder was passiert, weil es den Leuten nie schnell genug gehen kann. Ganz zuletzt ist der Goldbacher-Severin hereingekommen, grad wie ich mir schon Sorgen gemacht hab, ob er überhaupt noch kommen wird, weil die Burgi schon da gewesen ist und ich mir gedacht hab, dass er es dann nicht vergessen haben kann, sondern einfach nicht kommen will. Vielleicht hört sich das jetzt komisch an, aber ausgeschaut hat er, als hätt er seinen Frieden mit sich gemacht. Ich hab mich gefragt, ob er vom Arzt was bekommen hat, was zur Beruhigung, obwohl es mich gewundert hat, dass er sowas schluckt. Aber heutzutage ist das modern, da wundert man sich, wie beherrscht die Leut doch sind, und dann hörst, dass sie was geschluckt haben. Früher hat man ein paar Schnäpse getrunken, wenn alles vorbei gewesen ist, im Gasthaus beim Leichenschmaus. Ich glaub ja, das war gesünder.

No, dann haben sie angefangen, die Feierlichkeiten, und der Herr Pfarrer hat schöne Worte gefunden. Das war recht, weil der Leonhard wirklich beliebt gewesen ist, das war also nicht nur so dahergeredet. Hinter mir hab ich es ein paar Mal schluchzen hören und schnäuzen. Auch mich selber hat es gedrückt, weil ich ihn gern gehabt hab und es mir immer leid tut, wenn ein junger Mensch so früh gehen muss. Nur der Severin hat zufrieden geschaut, das hab ich von meinem Platz aus sehen können, weil er auch in der ersten Reihe gesessen ist, nur auf der anderen Seite vom Gang, und ich öfters hab rüberschauen müssen, weil ich es gar nicht hab glauben können.

Die Wendel-Kathi, die hat sich wieder einmal vorgedrängt gehabt und dem neuen Herrn Pfarrer gesagt, dass sie als Kantorin einspringen würd, weil sonst keiner da wär. Was so nicht stimmt, würd man bei den Leuten nachfragen, gäb es schon den einen oder anderen, der das machen würd. Hier in Neiselbach gibt es in jeder Familie jemand, der singen kann.

Der Organist hat den Anfang von „Näher mein Gott zu dir" gespielt, damit alle Bescheid wissen, was dann zum singen sein wird. Zuerst hat einmal die Wendel-Kathi mit der Orgel gesungen und wir alle noch nicht. Das macht man immer so. Da hab ich mir gedacht, dass es wirklich an der Zeit ist, dass man jemand anderen findet, weil die Wendel-Kathi nicht nur eine dünne Stimme hat, sondern auch furchtbar falsch singt.

Fast hab ich ja geglaubt, dass der neue Herr Pfarrer was wegen dem Ritter-Poldi sagen wird, den die Frau der Anatomie geschenkt hat. Das hat er aber nicht, wahrscheinlich hätte es nicht gepasst. Er wird sich auch gedacht haben, dass es ihn in der heutigen Zeit nichts mehr angeht. Früher einmal wär das was anderes gewesen. Vielleicht hat er aber auch nichts gesagt, weil die Frau vom Poldi gar nicht da gewesen ist.

Dann war alles vorbei, die Mannsbilder haben den Sarg aufgehoben und sind langsam aus der Kirche marschiert. Da sind dann auch die Leut aufgestanden. Ich bin noch sitzen geblieben, weil ich, wenn ich ganz vorne mitgeh, alle nur aufhalt und mich das unruhig macht, wenn jemand hinter mir ist, der es eilig hat. Außerdem hab ich mir so alle anschauen können.

Da haben schon ein paar geweint gehabt, Weibsbilder meine ich, das hat man an den roten Augen sehen können, und daran, dass sie sich die Nasen abgewischt haben. Aber von Liebschaft hat man da nichts sagen können, oder dass der Leonhard einer ganz besonders abgegangen wär, so manches Mannsbild hat auch feuchte Augen gehabt. Die Zwerschina-Gerti ist mit dem Sohn da gewesen, der hat sie mit dem Auto gebracht, weil der Zwerschina-Karl nicht mit gewesen ist. Auf dem seine Ausrede war ich neugierig, weil ich mir nicht vorstellen hab können, was der so Wichtiges auf seinem Hof zum tun gehabt hat, dass er nicht hat kommen können. Bei den Meinigen hat sich der Sohn ja auch die Zeit genommen. Das tut man, wenn's ans Verabschieden geht. Da hab ich mir wieder gedacht, wie fesch er geworden ist, der Vinzenz, der Sohn von der Gerti. Die Sonnenbrille hat er nicht aufgehabt, da hat man sehen können, wie hübsch seine Augen sind, nicht nur die schönen Haar, die er von der Mutter hat.

Die Frau Tante Adele war auch da, mit einem großen Hut, sowas tragt die Herrschaft ja immer. Mit ihr sind noch zwei Herrschaften aus Fürchtenbert hinter dem Sarg hergegangen, eine Frau, die immer wieder geflüstert hat und ein Mann, der aber nichts Besonderes war.

Die Wendel-Kathi hat sich beim Rausgehen noch in der Kirche beschwert, dass die Orgel viel zu laut gespielt hat und man da nicht mitsingen kann. Das kann gar nicht sein, weil der Organist nicht einmal mit den Pedalen mitgespielt hat, das kann man nämlich hören. Noch leiser kann er gar nicht mehr spielen. Soll sie halt lauter singen – oder eben nicht, hab ich mir da gedacht. Und weil mir das ewige Gepenze auf die Nerven gegangen ist, hab ich mir gewünscht, dass bei der nächsten Messe von Anfang an die Trompete auch mitspielt.

Dort sitzen und alle vorbeiziehen sehen war interessant. Aufgefallen ist es nicht, weil alle wissen, dass ich nicht gut zu Fuß bin. Dafür hat sich keiner gedacht, dass ich mir dabei so allerlei denk. Bei uns heraußen in Neiselbach kann man in Gesichtern noch lesen, das ist nicht so wie in der Stadt, wo die Leut drauf schauen, dass sie keine Falten haben, sich ein neues Gesicht spritzen lassen und dann herumrennen wie die Plastikpuppen. Bei uns kannst sie noch erkennen, die Freundlichen und die Zwideren, aber einen Mörder erkennst trotzdem nicht. Bei keinem steht auf der Stirn, wie er innen drinnen ist. Das hat man schon bei Abel und Kain nicht auseinanderhalten können.

Vor lauter Denken hab ich dann beinah das Aufstehen vergessen, da bin ich zum Sarg-ins-Grab-hinab-Lassen fast zu spät gekommen. Der Sohn und die Schwiegertochter sind schon vorgegangen. Unsere

Musi hat so schön gespielt, mit den Trompeten und der Tuba, dass man es wieder schnäuzen hat hören.

Und ganz vorne beim Grab, da ist der Goldbacher-Severin gestanden und hat rauf in den Himmel geschaut, als möcht er da zwischen den Wolken den Sohn herausschauen sehen. Und dann, das schwör ich, hat es einen Windstoß gegeben, dass es der Frau Tante Adele den Hut fast runtergeweht hat und mir die blauschwarze Schürzen aufgeflattert ist. Und vom wilden Wein an der Friedhofsmauer hat es die Blätter runtergerissen, als hätt der Himmel auch noch was zum mitreden. Da hat so mancher über die Schulter geschaut, ob vielleicht wer hinter ihm steht, dabei war helllichter Tag. Der Severin soll *Gerechtigkeit* gemurmelt haben. Das hat man mir später beim Leichenschmaus erzählt, hören hab ich es nicht können, weil ich zu weit weg gestanden bin.

Wer nicht da gewesen und auch nicht zum Leichenschmaus nachgekommen ist, das war der junge Herr Graf, der Hanno Fürchtenbert.

35

Rund ist es gegangen beim Leichenschmaus. Ich wollt ja zuerst gar nicht hin, weil ich schon müd war und eigentlich gar keinen Hunger gehabt hab. Es gibt viele Leut, die einen Leichenschmaus als was Furchtbares anschauen, aber ich find, das hat schon seinen Sinn. Auch wenn das nicht derselbe ist wie früher einmal, wo die Leut aus entfernten Tälern zu Fuß dahergekommen sind und sich haben stärken müssen, bevor sie wieder zurück nach Hause marschiert sind. Aber heutzutage hat der Leichenschmaus noch immer einen Sinn, weil die Trauernden noch mit den Gästen beisammensitzen und nicht alleine zurückbleiben. Man erzählt sich Geschichten vom Verstorbenen und kann dann manches Mal wieder zum lachen anfangen, weil ja immer einiges im Leben von dem Verstorbenen schon auch recht lustig war.

Aber die Meinigen, die wollten hingehen, und ich hab mir dann gedacht, wo der Goldbacher-Severin mir doch so ein bissel komisch vorgekommen ist, geh ich halt mit und schau, was es damit so auf sich hat.

Es hat nicht lang gedauert, da hat man schon angefangen mit dem Diskurrieren, wer jetzt wirklich wen erschossen hat, oben im Wald bei der Fütterung. Und wie es halt immer so ist, hat man über die hergezogen, die nicht da gewesen sind. Das waren der Herr Hanno und der Zwerschina-Karl.

Wer jetzt wen genau erschossen hat und weswegen, hat eigentlich auch niemanden so wirklich interessiert, aber dass alle beide Dreck am Stecken haben, das hat man schon zu wissen geglaubt. Für den Herrn Hanno hat das nicht gleich etwas ausgemacht, weil die Frau Tante Adele nicht da gewesen ist oder sonst wer aus

Fürchtenbert, der das hätt hören können. Beim Zwerschina-Karl war das schon was anderes, weil die Gerti, die Frau, noch dagesessen ist. Der Vinzenz auch, aber der ist mit der Jugend an einem anderen Tisch gesessen und hat nicht zugehört. Aber die Frau, die sind sie angegangen, obwohl die gar nichts dafür hat können. Da hab ich sie gerufen, dass sie sich zu mir hersetzen sollt, weil sie weiter weg gesessen ist. Sie hat ja noch keine Hauptspeise gegessen, und wieso hätt sie da mitten im Essen davonrennen sollen, nur weil ihr Mann was gemacht haben soll. Da hat man nicht mehr fragen brauchen, wieso man jetzt auf eine solchene Idee gekommen ist und was die beiden denn für einen Grund für die Morde gehabt haben sollen, weil schon viel zu viele Lerchene getrunken worden sind. Das macht dann keinen Sinn.

Aber dann ist der Singer-Simon von dem Unfall im Piestingtal gekommen und hat das über den Herrn Hanno gehört. Da ist es wirklich laut geworden, weil der Simon das so nicht stehen lassen wollt und sich eingemischt hat.

Keiner kann da was Gescheites sagen, hat er gesagt, weil nicht einmal die, die es noch am ehesten wissen, jetzt schon was Genaues sagen könnten, die Spezialisten nämlich. Und er jetzt deswegen nicht näher drauf eingehen würd, von welchen Spezialisten er genau spricht, weil es niemanden was angehen würd.

Es hat nicht lang gedauert, da hat er sich wieder zusammengepackt und ist gegangen. Wohin, hat er niemandem gesagt, aber als Gendarm ist es eh besser, wenn man sich nicht gerade dort aufhält, wo so viel getrunken wird.

Kurz drauf hat die Zwerschina-Gerti gehen wollen, das hab ich verstehen können, und der Vinzenz ist auch aufgestanden, weil er derjenige war, der mit dem Auto gefahren ist.

Lang sind wir dann auch nicht mehr geblieben, der Sohn hat noch in den Stall müssen und die Schwiegertochter wollt nach Hause, weil es immer lauter geworden ist. Hunde, die bellen, beißen nicht, hat die Großmutter immer gesagt, aber manchmal bin ich mir da nicht so sicher, weil in den dreißiger und vierziger Jahren hat es auch viele gegeben, die gebellt haben, und die haben ganz schön beißen können.

Und wie wir im Gehen waren, da hab ich mich noch einmal umgedreht und zum Goldbacher-Severin hingeschaut. Am Kopfende von dem langen Tisch ist er gesessen und hat so zufrieden dreingeschaut, dass ich mich gefragt hab, ob er vielleicht doch ein Schlagerl abbekommen hat von der Aufregung um den Sohn, den Leonhard.

36

Tante Adele war nicht amüsiert. Das kam nach einem Begräbnis wohl öfters vor, doch hier hatte es einen bestimmten Grund. Dass Hanno gewagt hatte, sie mit geschwätziger Cousine und vertrotteltem Cousin auf das Begräbnis gehen zu lassen und in der Tat nicht nachgekommen war, fand sie impertinent. War es doch Hannos Verwalter gewesen, der zu Grabe getragen worden war – und diesen hatte er doch angeblich so geschätzt. Wobei ihr Letzteres insgeheim gleichgültig war, aber als Vorwurf machte es sich trefflich.

„Welch eine Attitüde, kein Savoir-vivre", befand Tante Adele, die im Salon stand, ein langes Gesicht zog und an ihrer Perlenbrosche nestelte, auf die sie trotz schwarzem Kostüm nicht hatte verzichten wollen. Den schwarzen Hut hatte sie bereits abgelegt, sie dachte nicht daran, das Haus in Bälde zu verlassen.

„Mehr als peinlich", fügte sie hinzu, „richtig lächerlich hast du mich gemacht!"

Soweit er annehme, sei es bei dem Begräbnis nicht um sie gegangen, sagte Hanno abwesend und fuhr sich mit der rechten Hand übers Gesicht.

Weitere Jagdgäste hatten sich für den Abend angesagt, zwar nicht für die Pirsch, man würde zu spät aus Deutschland ankommen, aber um Quartier zu beziehen und fürs Diner. In der Küche hatte er bereits Bescheid gegeben, Zimmer waren noch vorzubereiten.

„Ich warte", sagte Tante Adele.

„Auf die Jagdgäste?" Hanno Fürchtenbert runzelte verwirrt die Stirn.

„Auf eine ordnungsgemäße Entschuldigung." Tante Adele zog die Augenbrauen hoch.

Ein Auto fuhr die Auffahrt herauf und blieb vor den Fenstern stehen. Revierinspektor Simon Singer stieg aus, warf die Autotür zu und musterte kurz die Hausfassade, als wollte er hinter den Mauern die Insassen erspähen. Erst dann ging er Richtung Eingangstür.

„Ich bin enthusiasmiert, dass man in diesem Haus vor lauter Fremden, die hier ein- und ausgehen, kaum zu Atem kommt“, echauffierte sich Tante Adele, kräuselte die Lippen und nahm auf der Couch mit kerzengeradem Rücken Platz.

Simon Singer grüßte freundlich, doch ernst, kaum merklich nickte Tante Adele. Hanno dagegen schien sich über den Gast zu freuen und bot Getränke an.

Wo Hanno gewesen sei, wollte Singer wissen, der gegen ein Bier nichts einzuwenden hatte.

Wie er das verstehen dürfe, erkundigte sich Hanno Fürchtenbert, eine gewisse Gereiztheit im Unterton ließ sich nicht leugnen.

Simon Singer hatte am Weg nach Fürchtenbert des Freundes aus Kinderzeiten wegen Seelenqualen gelitten, daher schien ihm sein angeborenes diplomatisches Geschick gänzlich abhanden gekommen.

„Was bist denn nicht zum Begräbnis gekommen, du Depp!“, sagte er derb und schüttelte wütend den Kopf.

„Fürchtenbert ein Taubenhaus, Proleten fliegen ein und aus“, sagte Tante Adele und zog die Wangen zwischen die Backenzähne.

Ihm sei nicht nach Kinderreimen zumute, erwiderte Hanno zänkisch, und noch würde er dorthin gehen, wonach der Sinn ihm stünde. Wenn er auf ein Begräbnis kein Animo hätte, so sei das wohl sein Plaisir.

„Na!“, sagte Simon laut und langgedehnt. „Nur zwei haben heute gefehlt, das waren der Zwerschina-Karl und du!“ Er atmete tief ein. „Und jetzt kannst dir gratulieren. Weil beim Leichenschmaus, wo ich vorbeigeschaut hab, da war man sich schon einig, dass einer von euch beiden der Mörder gewesen ist! Und ganz schön fuchsig, weil der Leonhard beliebt war!“

Hanno zuckte leidenschaftslos mit den Schultern, Tante Adele erinnerte an die Anfänge der französischen Revolution und das damals stürmische Aufbegehren der einfachen Leute. Simon beschlich das Gefühl, am falschen Platz zu sein.

„Wo warst denn heute um zwei? Was war so wichtig, dass du nicht zum Begräbnis gekommen bist?“, versuchte er nochmals sein Glück.

Das würde sie ebenfalls nur allzu gerne wissen, sagte Tante Adele, die kontrarevolutionäres Engagement vermissen ließ.

Das gehe niemanden auch nur im Geringsten etwas an, meinte Hanno. Simon sah das gänzlich anders. Wenn ein Zweifel an Hannos Integrität hochkommen würde, müsse er, Simon, der Sache nachgehen, denn er sei Polizist und der Wahrheitsfindung verpflichtet.

„Pah! Wahrheit!“ Hanno wedelte geringschätzig mit der Hand.

„Mir kannst es doch sagen!“, brüllte Simon los, „ich war mit dir in der Volksschul! Glaubst mir macht das einen Spaß, wenn ich dich dann abführen muss?“

„Dann nimm mich doch mit, wenn du glaubst, dass ich es war!“, kreischte Hanno im Falsett und hielt seinem Volksschulfreund die aneinander geschmiegten Handgelenke entgegen. „Der Bankdirektor hat mich den Termin nicht verschieben lassen! Fast pleite, mein Lieber, und den Scheißkredit will die Bank fällig stellen!“

„Sprache!“, wehklagte Tante Adele larmoyant, „Hanno, Sprache!“

37

Zum Leichenschmaus waren sie nicht mehr mitgegangen, das wäre des Guten zu viel gewesen. So hatte Sektionschef Sandor befunden und Kriminalinspektor Müller war es recht gewesen. In einem kleinen Gastraum im Goldenen Hirschen hatten sie Platz genommen, Frau Lisi hatte anderes vorgehabt und sich ins Hotelzimmer zurückgezogen. Müller hatte Würstel mit Saft bestellt, Sandor ein Boeuf Bourguignon. Lieber wäre ihm gewesen, in seinem kleinen, gelben Haus zu speisen, aber dazu war im Moment keine Zeit. Besuche und Rezeptaustausch beim Fleischhauer wie sonst üblich, dessen verspieltes Gehabe ihn an das eines Dessous-Händlers erinnerte, waren auf spätere Tage verschoben. Ebenso die diversen spärlichen Auswertungen der Spurensicherung. Auch am Tatort des zweiten Mordes war keine Patrone gefunden worden. Pathologische Berichte waren für den nächsten Tag angekündigt.

„Ich glaub, ich mach es“, sagte Müller und wedelte mit seinem Besteck.

„Sie machen was, bitte?“ Sandor nahm einen Schluck des trinkbaren Burgunder, den der Goldene Hirsch anbot.

„Die Wohnung daneben anmieten“, erwiderte Müller schlicht.

Konversation bestehe aus etwas mehr als wenigen hingeworfenen Worten, sagte Patrick Sandor, dennoch könne er sich vage vorstellen, worum es gehe.

„Fliegen Sie zu Ihrer Verlobten, jetzt, irgendwann?“, fragte Müller arglistig und zupfte an seinem rotblonden Schnurrbart.

Von einer Wohnung sei gerade die Rede gewesen, erinnerte Sandor und führte die Serviette zum Mund.

In der Ausstellungsstraße beim Prater-Riesenrad sei eine weitere frei geworden, gleich neben der seinigen, erklärte Müller, nur ein Loch sei zu stemmen. In die Wohnzimmerwand.

Patrick Sandor arrangierte sein Besteck auf dem Teller.

Durch die Wohnzimmerwand, berichtigte er, und seit wann Müller denn von dieser Occasion gewusst habe, wünsche er zu wissen. Er gab der Bedienung ein Zeichen. Ihm war nach Mocca und Esterhazy-Torte zumute.

Mit Sorgfalt errichtete Müller ein Bierdeckelkartenhaus und es sah so aus, als bleibe er die Antwort schuldig.

Seit zwei Monaten, stieß er dann doch hervor und versetzte seinem kleinen Bauwerk einen Schubs.

„Wieso haben Sie solches nicht vorher dekuvriert?“, fragte Patrick Sandor.

„Lisi hat seit gestern drei Servietten bestickt“, sagte Müller.

„Nun, das leuchtet ein“, fand Patrick Sandor.

38

Kalt ist es über Nacht geworden, ich hab ihn riechen können, den zarten Schneehauch in der Luft. Viele können das ja nicht, aber wie er noch am Leben war, hab ich oft zum Mann gesagt, dass es nach Herbst riecht, manches Mal schon im Juli. Da hat er immer lachen müssen, weil er ja nichts gerochen hat. Irgendwann einmal würd ich das schon im Mai sagen, hat er immer gemeint, das würd er noch erleben.

Da hab ich nicht mehr oben bei mir allein bleiben wollen, und weil die Meinigen nach Wiener Neustadt hinaus wollten, sich um eine neue Waschmaschine umschauen, bin ich mit ihnen bis zur Heidi in die Frisurstube hinunter, auf einen guten Kaffee und eine Plauderei.

Der Gemeindediener war dort zum Haarschneiden und noch eine Nachbarin, die schon im Fertigwerden war, und dann auch die Frau Lisi. Das hat mich gefreut, weil sie fröhlich ausgeschaut und in ihrer Tasche sogar die Servietten zum Besticken mitgehabt hat. Bedankt hat sie sich gleich bei mir wegen meiner Idee mit dem Stickerei-Kurs, weil alles und vieles jetzt anders geworden ist. Und dass ihr Müller jetzt vielleicht doch ein, zwei Zimmer in Wien dazu nehmen will. Nur wegen den Servietten, hat sie dann noch gesagt und gelacht. Da hab ich mitlachen müssen, weil sie so ein lustiges Lachen hat. Und ich hab mir gedacht, dass es gut ist, dass ich runtergekommen bin, statt oben bei mir allein herumzusitzen, weil mir der Goldbacher-Severin, der beim Begräbnis so zufrieden dreingeschaut hat, nicht aus dem Kopf gegangen ist. So zufrieden schaut man nur drein, wenn man was ganz was Besonderes erledigt hat, hab ich mir gedacht. Was mir da so eingefallen wär, hat mir nicht gefallen.

Ich hab von der Dagmar einen guten Kaffee bekommen und die Frau Lisi hat der Heidi gesagt, was sie gerne hätt, weil sie schon drangekommen ist.

Eine andere Haarfarbe, hat sie gesagt. Da hab ich mich eingemischt, was ich sonst nicht gern mach, weil die Frau Lisi ein so ein schönes Blond hat und sie jetzt schwarz haben wollt.

Da würd man doch gar nicht wissen, ob das zum Gesicht passen tät, weil Schwarz eine harte Farbe ist und Blond was Liebliches. Und wenn dann das Schwarze einmal auf den Haaren ist, kann man nur mehr drauf warten, dass es wieder rauswächst. Zwei Jahre kann das schon leicht dauern, bis die Haar wieder ein bissel was gleichschauen. Ob der Herr Kriminalinspektor Müller wissen würd, was sie da so vorhätt, das hab ich auch noch gefragt.

Nein, hat sie da gesagt, und ich hab gemeint, sie soll die Finger von der Farbe lassen, sonst wird das womöglich nichts mit den zwei Zimmern, die dazukommen sollen in der Wohnung in Wien, weil ich keine Blonde kenn, der gefärbte schwarze Haare stehen.

Da hat aber die Heidi gesagt, dass das nicht stimmt, weil ich doch die Zwerschina-Gerti kennen würd.

Und die Frau Lisi hat gesagt, dass so schwarze Haare mit grünen Augen ganz besonders gut ausschauen würden, das könnt man am Zwerschina-Sohn, dem Vinzenz, sehen.

Da bin ich ganz still sitzen geblieben und hab nichts mehr gesagt, weil ich gespürt hab, dass ich in der Hand das Ende von einem Faden halt, wie bei einem gestrickten Pullover, mit dem sich alles auflöst, wenn man nur daran zieht.

Da ist die Tür aufgegangen und das jüngste Mensch vom Hendlbauern ist hereingekommen. Wisst ihr schon das Neueste?, hat sie gefragt. Und die Heidi hat gesagt, dass es darauf ankommt, was genau sie jetzt meint, weil die Heidi auf Rätselraten bei der Arbeit wenig Lust hat.

Verhaftet hat er ihn, hat das Mensch gesagt, große Augen gemacht und mit dem Kopf genickt.

Wer wen denn leicht, hat da die Heidi gefragt und die Lockenwickler aus der Lade genommen. An ihrer Stimme hab ich hören können, dass sie nur halb zugehört und gar nicht wirklich mitgedacht hat.

Der Singer-Simon den Herrn Grafen Fürchtenbert, hat das junge Mensch gesagt.

No, da ist der Heidi die Schachtel mit den Lockenwicklern aus der Hand gefallen und ich hab mich gefragt, ob das gescheit war, dass man den Herrn Hanno gleich eingesperrt hat.

39

Mit Fug und Recht hatte Justizbeamter Finsterer, der am Eingang der Justizanstalt Wiener Neustadt Dienst hatte, stets von sich behaupten können, redegewandt zu sein. Nicht auf den Mund gefallen, pflegte er zu sagen. Diese Fähigkeit ließ ihn an jenem späten Morgen jedoch im Stich, als eine Dame mit Hut und Handschuhen, in kaffeebraunem Kostüm und mit pelzigem Tier um den Hals, vor ihm stehen blieb. Nachdenklich musterte sie ihn, schürzte die Lippen und nestelte an einer Perlenbrosche. Concierge, sagte sie sodann, ja, tatsächlich, Concierge nannte sie ihn, und dass sie ihren Neffen, Graf Fürchtenbert, zu sehen wünsche. Das verschlug Finsterer die Sprache. Stumm wies er auf seinen Kollegen, der eilig zum Telefonhörer griff. Solches überließ auch er lieber Individuen mit Entscheidungskompetenz, Gesellschaftsbesuche in U-Haft geschahen selten.

„Schwarz fand ich denn doch übertrieben", sagte Tante Adele, als sie Hanno gegenüber auf dem orangefarbenen Plastiksessel Platz nahm.

Das Individuum mit Entscheidungskompetenz war zu Beginn alles andere als zuvorkommend gewesen. Doch Tante Adele war nicht angestanden, die camouflierte Drohung einer Beschwerde an die Ministerin in den Raum zu stellen. Überdies hatte sie freundschaftliche Beziehungen zu höhergestellten Persönlichkeiten betont. Dies war hilfreich gewesen.

„Was?", fragte Hanno unkonzentriert.

Wie bitte sei das Mindeste, auch in diesem Milieu. Tante Adele zog an den Fingern ihres rechten Handschuhes. Was solle aus ihm werden, wenn schon nach kaum fünfzehn Stunden Haft die Patina einer guten Erziehung Risse bekäme, wohl gemerkt: Patina. Sie habe von der Farbe ihres Kostüms gesprochen. Dezentes Braun sei ihr passender erschienen als Schwarz.

„Wen interessiert das?“, erwiderte Hanno streitlustig.

„Davon hättest du mir durchaus erzählen können“, sagte Tante Adele und strich die Handschuhe glatt.

„Wovon denn, bitte schön?“ Hanno schüttelte mehrmals den Kopf.

Tante Adele befand, über den leicht hysterischen Tremolo in seiner Stimme und das in diesem Fall unpassende *Bitteschön* hinwegzusehen.

„Von der Tat natürlich.“ Sie hakte ihren Fuchskragen auf und fragte sich insgeheim, ob eine Nacht in einer Zelle Begriffsstutzigkeit förderte.

„Ich war es nicht“, monierte Hanno bockig.

Kokolores, sagte Tante Adele, wobei durchaus nachvollziehbar sei, dass Hanno dem Personal der Strafanstalt gegenüber weiterhin auf diesem Standpunkt beharre. Sagst du nein, gehst du heim, sagst du ja, bleibst du da, von dieser Weisheit routinierter Angeklagter habe sie vor nicht allzu langer Zeit gelesen, wenn ihr auch im Moment beim besten Willen nicht einfallen wolle, wo.

Aber so *en famille*, seiner Tante könne er es schlicht sagen, es erübrige sich, in dieser konkreten Causa von einem Zugeben zu sprechen. Außerdem sei sie keine Spießerin und in Königshäusern würde es von Mördern geradezu wimmeln, fügte sie genießerisch hinzu. Auch wenn sie an die Geschichte ihrer schottischen Familie denke, falle ihr der eine oder andere englische Kopf ein, den man mit guter schottischer Holzkeule eingeschlagen habe.

„Mancher Mord adelt", sagte Tante Adele anachronistisch.

„Ich war es nicht", wiederholte Hanno störrisch und ein wenig laut.

„Nun denn", sagte Tante Adele streng, „Courage, mein Lieber, und Contenance. Dein Vater wird dir wohl hoffentlich beigebracht haben, dich in jeder Situation zurechtzufinden. Wenn du schon hier in einer Zelle sitzen musst, blick dem ins Auge und mach das Beste daraus."

Ob das jetzt heißen solle, er möge weiterhin eingesperrt bleiben, obwohl er doch gar nichts gemacht habe, wollte Hanno wissen.

Darum gehe es doch gar nicht, sondern um Savoir-vivre. Tante Adele hakte ihren Pelzkragen zu. Und sie sei lediglich gekommen, ihn zu dieser honorablen Tat zu beglückwünschen. Wie man nunmehr sehe, sei dies vergebene Liebesmüh gewesen, sie habe mehr erwartet.

Tante Adele erhob sich, obgleich Hanno keine Anstalten traf, Gleiches zu tun, um ihr aus dem Sessel zu helfen, und nahm die Handschuhe in die rechte Hand.

„Du hättest gar nicht kommen sollen." Hanno blieb sitzen.

Pflicht und Verantwortung, davon verstehe in dieser Familie wohl keiner mehr etwas. Auch Hannos Frau Nora sei zu nichts zu gebrauchen, oder habe sie ihn hier schon besucht an diesem Morgen? Verbringe lieber ihre Zeit damit, in der Küche der Köchin lauthals etwas vorzuheulen.

„Ich bat sie, damit aufzuhören". Tante Adele schürzte die Lippen und zog den linken Handschuh über ihre Finger. „Man hält sie bei dem Geschluchze sonst noch für eine Italienerin."

Mehr hatte sie ihrem Neffen nicht zu sagen. Aber dem Justizbeamten, der sie hinausbegleitete, vertraute sie sich noch an:

„Natürlich war er es. Aber sitzen, wie man so sagt, will er nicht.“

40

Die alte Frau im fleckigen Schürzenkleid und mit Vogelflaum im wirr aufgesteckten Haar, die in Pantinen aus der Stalltür über den penibelst aufgeräumten Hof geschlurft kam, ließ die Herren, die dem Auto entstiegen waren, eintreten und wies ihnen den Weg in die gute Stube. Dann machte sich Cousine Burgi auf die Suche nach Severin Goldbacher, der nicht weit sein konnte, wenn man ihr zahnloses Gestammel richtig deutete. Sektionschef Sandor, Kriminalinspektor Müller und Revierinspektor Singer ließen sich auf der Holzeckbank nieder, den Platz am Kopf des Tisches ließen sie für den Hausherrn frei. Man wartete nur kurz.

„Ihr seid grad zur rechten Zeit zur Jausen zu mir raufgekommen", brummte Severin und gab Cousine Burgi mit dem Zeigefinger ein flüchtiges Zeichen, wohl in Richtung Küche.

„Zufall", erwiderte Simon Singer und fuhr sich mit der rechten Hand über das Gesicht, „eigentlich haben wir keine Zeit für solche Spaßetteln, aber sagen haben wir dir wollen, dass wir den Mörder vom Ritter-Poldi gefasst haben. Der sitzt schon in Wiener Neustadt."

Dann schluckte Simon Singer mühsam und drehte den Autoschlüssel zwischen den Fingern hin und her.

„Geh!", bellte Goldbacher, legte seine rechte aufgestützte Hand über das Kinn und blickte von einem zum anderen. Ein unduldsamer Beobachter hätte meinen können, dass ihn etwas amüsierte.

Da wurde die Tür zur guten Stube aufgestoßen und Cousine Burgi, zahnlos an der Innenseite ihrer Wangen kauend, die Hände um ein wohlgefülltes Tablett geklammert, rutschte zum Esstisch. Federn und ein wenig Vogelflaum schwebten auf Holzdielen. Tassen und Teller wurden vor die Herren hingestellt, Widerrede ließ man nicht gelten, da Cousine Burgi sie erst gar nicht hörte und Severin Goldbacher auf einer Bewirtung bestand. Ohne etwas angetragen zu bekommen, verlasse niemand sein Haus, sagte er und klatschte mit der flachen Hand launig auf den Tisch. Wäre es nicht um Mord und Täter gegangen, hätte man es in der Tat gemütlich finden können. Auch die Gäste, nicht nur der Hausherr, der, kaum dass Kaffee ausgeschenkt, Gugelhupfstücke verteilt und Cousine Burgi wieder aus der guten Stube war, einen großen Bissen verschluckte.

„Wer is es leicht gewesen?", nuschelte er mit vollem Mund.

„Der Hanno Fürchtenbert", sagte Simon Singer und schob den Teller mit seinem Kuchenstück von sich. Der Appetit war ihm schon bei der Verhaftung am Vortag gründlich vergangen.

Da hörte auch Severin Goldbacher zu kauen auf und legte den Rest vom Kuchen auf den Teller zurück. Seine gute Laune war verflogen.

„Wer sagt denn, dass das der Herr Graf war?" Ungeduldig wischte er sich über den Mund. Einige Kuchenbrösel blieben an den Wangen kleben.

„Na, ich", entgegnete Simon Singer und hob trotzig das Kinn.

„Bist denn du leicht deppert worden!", brüllte Goldbacher. „Doch nicht der Fürchtenbert! Ich hab geglaubt, ihr habt einen anderen Dodel eingesperrt!"

„Wieso?", brüllte jetzt auch Simon Singer, „hätt dir das leicht mehr gepasst?"

„Ja, du Depp!", brüllte Goldbacher. „Der Herr Graf wird ja nicht gesagt haben, dass er es war, oder?"

„Nein, aber Alibi hat er keins!“, kreischte Simon Singer.

„Das haben Milliarden andere auf derer Erd auch nicht!“, brüllte Severin Goldbacher wiederum, holte tief Luft und ließ die Stirne in die aufgestützten Hände sinken.

„Na“, bellte er nach einer kurzen Weile, „von allen, die man verhaften hätt können, hast dir grad den aussuchen müssen.“

„Das ist kein Wunschkonzert, das Verhaften“, murmelte Simon Singer und zog die Innenseite seiner linken Wange zwischen die Backenzähne.

Dann war es still in der Stube, draußen vor den Fenstern schlurfte Cousine Burgi vorüber.

„Meine Herren, die Nerven liegen wohl in extremis.“ Patrick Sandor nahm vorsichtig einen Schluck Kaffee.

„Was das heißen soll, weiß ich nicht, aber giften tu ich mich“, alterierte sich Severin Goldbacher.

„Das meint ja gerade der Herr Sektionschef Sandor, dass Sie das beide tun“, sagte Kriminalinspektor Müller und biss in sein Gugelhupfstück. Geschrei beim Essen war ihm grässlich.

Da erhob sich Severin Goldbacher, nahm aus der Kredenz eine Flasche und vier Stamperln und stellte alles auf den Tisch.

„Ich war’s“, sagte er sodann.

Da wurde es wieder still in der Stube.

„Das sagst doch nur, weil der Hanno Fürchtenbert der Chef von deinem Buben gewesen ist!“, krächzte Simon Singer mit enger Kehle.

„Wenn ich sag, ich war’s, dann war ich es auch!“, hielt Goldbacher fest und entkorkte die Flasche.

„Wir echauffieren uns jetzt nicht wieder“, sagte Sektionschef Sandor.

„Machst jetzt einen auf Märtyrer?“, fragte Simon Singer bitter.

„Das hab ich nicht notwendig.“ Goldbacher schob jedem ein Stamperl Schnaps hin, verkorkte die Flasche wieder.

„Du schießt doch keinem in den Rücken, du doch nicht!“, wurde Simon Singer erneut laut.

„Wo willst denn sonst hinschießen, wenn der feige Hund vor dir davonlauft, statt dem Tod ins Auge zu schauen wie ein rechter Mann?“ Goldbacher leerte sein Glas in einem Zug.

„Schau, sogar die Tante vom Fürchtenbert hat geglaubt, dass der Neffe es war, das hat doch der Finsterer uns zu Mittag erzählt, dass sie das zu seinem Kollegen in der Justizanstalt gesagt hat.“ Kriminalinspektor Müller schob dem konsternierten Simon sein Stamperl näher hin.

„Was regst dich auf?“, wollte Severin Goldbacher wissen. „Ihr steht nicht mit leeren Händen da, ihr habt ja mich.“

„Das verzeiht mir der Hanno nie“, murmelte Simon und stürzte den Schnaps hinunter. „Und nur, weil du das jetzt so dahinsagst, sollen wir dir das glauben?“, fuhr er fort, nachdem er wieder zu Atem gekommen war. „Der Hanno hat doch auch so deppert herumgeredet, sonst wär es nie so weit gekommen.“

„Ich geb euch das Gewehr, das hab ich in der Selch versteckt“, verkündete Goldbacher und entkorkte die Flasche wiederum, „dann passt das schon. Bei vielen wär’s mir ja wurst gewesen, aber den Herrn Grafen lass ich nicht sitzen, ich hab eine Ehr im Leib.“

„Ein Faszinosum, dass Sie sich zu einem Dekuvrieren durchgerungen haben“, befand Sektionschef Sandor und stellte die Kaffeetasse behutsam auf den Unterteller zurück. „Ein wenig früher wäre dies allerdings hilfreich gewesen.“ Selbstjustiz, fügte er hinzu, sei hingegen noch nie hilfreich gewesen, aber in diesem speziellen Fall über die Maßen inopportun.

„Wie meinen Sie denn das?“, fragte Simon Singer.

Der Grund, sagte Sandor, er könne keinen Grund erkennen, das habe er in dieser Stube sitzend Herrn Goldbacher bereits damals mitgeteilt. Ein verwegener, ungenierter Wilderer gehe nicht eines Tages in den Wald und schieße grundlos in der Hirschbrunft den Verwalter über den Haufen. Den trauernden Severin Goldbacher von einer verzweifelten Tat abzuhalten sei ihm nicht geglückt. Niemand bedaure dies mehr als er selbst.

„Damals gab es Schnepfendreck zum Mittagessen“, erinnerte sich Patrick Sandor.

„Na, was denn! Das hat schon gepasst, ich hab ja einen Grund gehabt, und das war der Ritter-Poldi. Den einzigen Sohn und Erben hat er mir weggeschossen und dem Hof sein Fortbestehen genommen. Da hab ich den Leonhard in aller Ruhe begraben wollen, ohne dass mich wer von euch sekkiert.“ Mehr hatte Severin Goldbacher nicht zu sagen.

Er hat es nicht verstanden, dachte Sektionschef Sandor und schüttelte ein wenig den Kopf, wir kennen den Mörder seines Sohnes nicht, davon bin ich überzeugt.

Noch eine kleine Weile saß man in der guten Stube auf der Holzeckbank und Severin Goldbacher bot zum letzten Mal seinen selbstgebrannten Birnenschnaps an, der einem Tränen in die Augen und Husten in die Kehle trieb.

41

„Uns fehlt ein Mörder“, sagte Patrick Sandor, kaum dass der Wagen mit Severin Goldbacher nach Wiener Neustadt abgefahren war.

„Das glauben Sie also wirklich, das war nicht nur spekuliert?“ Simon Singer fuhr sich mit der rechten Hand über das Gesicht. Den Fall wollte er los sein. Hanno Fürchtenbert kam jetzt frei, das war wunderbar, aber ob dieser jemals wieder mit ihm auf ein Bier gehen würde, blieb dahingestellt. Dies setzte Singer ad momentum mehr zu als ein fehlender Mörder. Möglicherweise unprofessionell, doch nachvollziehbar.

„Herr Doktor spekuliert nie.“ Müller zupfte an seinem rot-blonden Schurbart und blickte gedankenverloren ins Tal. Die Fälle in Neiselbach waren nur vermeintlich einfach, im Grunde doch kompliziert.

„Zu viel menschliches Durcheinander, über das wir nichts wissen“, sagte er dann zu Simon Singer und lächelte. „Der nächste Mörder könnte dein Cousin vierten Grades sein. Verstehst, was ich meine?“

„Ich hab geglaubt, das war’s. Einer erschießt den anderen, und der dritte erschießt dann den“, echauffierte sich Simon Singer. „Ich muss schon sagen, Verkehrsunfälle liegen mir mehr.“

42

Der Gemeindediener hat mich nach Hause gebracht, ich hab nicht mehr unten in der Frisurstube bleiben wollen, und die Heidi hat mich noch im Weggehen gefragt, ob der Kaffee nicht gut gewesen ist. Aber damit hat es nichts zum tun gehabt. Die ganze Geschichte ist mir im Kopf herumgegangen, vor allem die mit dem Goldbacher-Severin. Und grad wie ich den Herrn Sektionschef Sandor hab anrufen wollen, hat das Telefon von selber geläutet. Der Singer-Simon war dran. Das trifft sich gut, hab ich da gesagt, weil ich dem Herrn Sektionschef was Wichtiges zum sagen hätt. Der Simon hat gesagt, dass sie alle drei zusammen, er und der Herr Sektionschef und der Kriminalinspektor Müller, oben am Goldbacher-Hof wären, und ob ich nicht jemanden wüsst für die Burgi, der ihr am Hof zur Hand gehen könnt. Da hab ich gesagt, dass die Mizzi was dafür wär, die früher im Herrenhaus in Stellung gewesen ist und jetzt nichts zu tun hätt. Die könnt nämlich anpacken, die könnt man bitten, ob sie nicht hinaufschauen möcht. Nachdem die Mannsbilder und die alte Burgi dort schon eine Weile allein gehaust haben, hab ich mir denken können, dass da einiges zusammengekommen sein muss, an das keiner so recht gedacht hat in all der Zeit, Vorhänge waschen und Böden einlassen und so weiter.

Und dann hat mir der Singer-Simon erzählt, dass man den Goldbacher-Severin schon nach Wiener Neustadt weggebracht hat und die Burgi jetzt eben allein am Hof war, und was eigentlich da oben alles passiert ist. Es war kein Geheimnis mehr und er hat darüber reden dürfen. Dass der Severin den Ritter-Poldi erschossen hat wegen dem Mord am Leonhard. Aber der

Herr Sektionschef, der war nicht zufrieden, weil er gemeint hat, dass der Ritter-Poldi gar keinen Grund gehabt hat, den Goldbacher-Leonhard zu erschießen, und dass nicht alles geklärt ist. Und auch dem Kriminalinspektor Müller passt es nicht. Nur einfallen tät ihnen keiner, der es gewesen sein sollt.

Ich war ja auch die ganze Zeit schon nicht zufrieden. Nicht nur, weil es nicht gelungen ist, den Severin aufzuhalten und es dann nicht noch einen Toten hätt geben müssen. Auch wenn der Ritter-Poldi ein fester Wedel war und ihn keiner vermisst, nicht einmal die Tochter und die Frau, zum Sterben ist das kein Grund.

Das allein ist es nicht gewesen, das war alles nur ein Teil der Geschichte. Zwei Paar Schuhe hätt die Großmutter gesagt, zwei Paar Schuhe waren die zwei Morde.

Zu mir herauf würd ich sie alle drei bitten, hab ich da dem Singer-Simon gesagt, weil der Herr Sektionschef und der Herr Kriminalinspektor ganz Recht haben, aber nicht alles aus Neiselbach wissen können. Die Zwerschina-Gerti hab ich dann auch gleich angerufen, auch wenn ich das Telefonieren nicht mag, damit sie kommt, sonst hätt das alles nicht viel Sinn gehabt.

43

Einen Kaffee hab ich für alle gerichtet, einen Zwetschkenfleck aufgeschnitten, den ich in der Früh gebacken gehabt hab, und das gute Steingutgeschirr hab ich wieder aufgedeckt. Lang hat es nicht gedauert, da hat der Wolfi laut angeschlagen und ist zur Tür gelaufen, weil alle mit den Autos raufgekommen sind. Nur die Zwerschina-Gerti hat einen Kaffee haben wollen, weil die anderen schon beim Goldbacher-Severin einen bekommen haben. Aber einen Kuchen haben sie alle gegessen.

Dass der Goldbacher-Severin den Ritter-Poldi erschossen hat, das hat jetzt jeder gewusst, das hat er ja auch selber gesagt gehabt. Aber sonst war alles verkehrt. Weil es sich nicht um die Jagd gedreht hat und auch nicht um die Grenzsteine, sondern um die Weiblichkeit. Um den Ritter-Poldi ist es so gesehen gar nicht gegangen.

Wenn man schon länger was gewöhnt ist, denkt man gar nicht mehr darüber nach. Und wenn man etwas sehr oft sieht, dann schaut man nicht mehr genau hin. Die schwarzen Haare von der Zwerschina-Gerti war ich jetzt schon so lange gewöhnt, dass ich vergessen gehabt hab, dass das nicht ihre Haarfarbe ist. Und beim Zwerschina-Bub mit seiner Sonnenbrille, da hab ich schon nicht mehr genau hingeschaut, wie seine Augen wirklich ausschauen.

Das hab ich den Herren dann auch erzählt, und der Gerti hab ich den Arm getätschelt, weil sie für das alles nichts dafür hat können. Wo die Lieb halt hinfallt, hätt die Großmutter gesagt. Aber jetzt hat die Wahrheit heraus müssen, es hätt ja sonst noch was passieren können.

Weil nämlich nicht der Ritter-Poldi den Leonhard erschossen hat, sondern der Zwerschina-Karl es gewesen ist.

Die ganze Geschichte mit allem Drum und Dran hat die Zwerschina-Gerti dann den dreien erzählen müssen, weil so genau hab ich die ja nicht gekannt, mir ist nur das große Ganze ins Auge gestochen.

Der Leonhard hat ihr schon immer gut gefallen, aber leider eine andere geheiratet. Die Augen hat sie sich damals ausgeweint und kurz drauf den Zwerschina-Karl genommen, weil sie nicht allein bleiben wollt. Kinder haben beide nicht bekommen, der Leonhard nicht und sie auch nicht. Und eines Tages war sie dann weg, die Frau vom Leonhard.

Zusammengekommen sind die Gerti und der Leonhard, wie der Zwerschina-Karl mit der freiwilligen Feuerwehr auf einem Einsatz gewesen ist. Von da an haben sie sich immer im Wald getroffen, weil sie ja beide mit den Familien auf den Höfen gelebt haben. Sehr weit haben sie es nicht gehabt, weil die Gründe zusammenstoßen, und der Leonhard hat bei der Grenze die Wildfütterung aufgestellt, damit die Gerti es noch näher hat.

Dann war das Kind unterwegs und alle haben sich gefreut. Der Leonhard und die Gerti selber, aber auch der Zwerschina-Karl, weil der nicht ahnen hat können, dass das nicht seines ist. Rabenschwarze Haar hat der Bub gehabt, und in den Familien von seinen Eltern sind alle blond. Aber der Karl hat sich nichts dabei gedacht, weil Mannsbilder nicht gleich an so was denken. Die Gerti hat mit dem Haarfärben angefangen. Mit Haaren kannst sowas ja machen, aber nicht mit den Augen und auch nicht mit anderen Ähnlichkeiten.

Je älter der Bub geworden ist, desto mehr war er dem Leonhard ähnlich. Das hat dann auch der Zwerschina-Karl gemerkt, und von da an war es dann vorbei. Wer mit dem Teufel essen will, braucht einen langen Löffel, hat die Großmutter oft gesagt. Mit dem Buben hat er gar nicht mehr können, an der Gerti hat er kein gutes Haar gelassen. Und gesagt hat er zu ihr, dass der Leonhard ihm besser nicht vor die Flinten lauft. Aber sie hat nicht geglaubt, dass es wirklich so weit kommen wird.

Der Leonhard wollt dann allen sagen, dass das sein Bub ist, wo es doch keinen Erben gibt für seinen Hof und der Vater an sowas eine Freud hätt, ganz egal, wie der Bamperletsch entstanden ist. Weil eine andere zum Kinderkriegen finden, das würd nicht mehr passieren.

Am Tag bevor der Leonhard umgekommen ist, hätten sie sich noch getroffen bei der Fütterung, und sind im Streit auseinander, weil er nicht verstehen wollt, dass er das dem Zwerschina-Karl nicht antun kann, zu sagen, dass der Bub der seine ist. Schindeln am Dach, hat die Gerti im Wald noch geschrien, weil es doch für alles zu spät gewesen ist und man da nicht mehr das Maul aufreißen muss.

Vor all den Jahren, früher halt, hätten sie an ein neues Familienleben denken können, damals wär es dem Zwerschina-Karl nicht so hart angegangen, weil Scheidungen halt vorkommen. Aber damals hat der Leonhard das nicht wollen, dem war nach der verpatzten Ehe seine Freiheit wichtiger.

Das war alles, was die Gerti erzählen hat können. Und was der Zwerschina-Karl vielleicht erzählen hätt können, hat er nicht erzählen wollen, wie sie ihn nach Wiener Neustadt gebracht haben.

Und wie der Goldbacher-Severin erfahren hat, dass er wirklich den Falschen umgebracht hat, hat er gesagt, dass ihm das jetzt zweimal wurst wär, weil er jetzt einen Erben hätt und der Ritter-Poldi schon immer ein Falott gewesen ist.

Die Großmutter hat oft Recht gehabt mit ihren Sprüchen, aber dieses Mal hab ich ihr nicht Recht geben können. Mit weniger Schindeln am Dach wär nicht so viel passiert.

44

In der Nacht auf Samstag war am Schneeberg Schnee gefallen, mächtige Wolken zogen am düsteren Himmel, es roch nach kalter Erde und nassem Moos.

Kriminalinspektor Müller und Frau Lisi verließen Neiselbach, im Gepäck vier bestickte Servietten aus Leinen. Revierinspektor Simon Singer ließ es sich nicht nehmen, die beiden persönlich zum Bahnhof nach Wiener Neustadt zu bringen.

„Wenn es hier einen Heurigen geben würd", stellte Müller vor der Abreise fest, „könnt ich mich direkt an Neiselbach gewöhnen."

Wann und ob überhaupt Doktor Sandor denn nach Wien zu kommen gedenke, fragte er noch eilig, den linken Fuß bereits im Fußraum des Beifahrersitzes. Dessen verbalisierten Wunsch, nicht mehr zurückkehren zu wollen oder zu müssen, hatte er nicht vergessen.

„Übermorgen", sagte Patrick Sandor, lüftete den Hut und schloss hinter Frau Lisi die Autotür, „ich habe ein Rendezvous im Resselpark mit einem Mann in Fischgrätmantel und roter Mütze."

Spät am Nachmittag fuhr er zu einem Bauernhof hinauf, für einen ausgedehnten Spaziergang eignete sich das Wetter nicht. Neben einem Marterl mit der Jungfrau Maria gleich neben Haselstauden saß dennoch eine alte Frau, die ihm durch ein Fernglas entgegengeblickt hatte. Eine Lodendecke über den Schultern, neben sich den Stock, einen dunklen Hund zu ihren Füßen, die in orthopädischen Schuhen steckten. Freundlich lächelnd nickte sie, als er sich zu ihr setzte.

„Wollen Sie einen Kaffee, Herr Sektionschef?", fragte sie.

Patrick Sandor wollte gerne, doch nicht ad momentum. Halb schloss er die Augen, hob die Nase in den kalten Wind, überschlug das rechte Bein. Sich gehörig anwehen lassen, danach stand ihm der Sinn, dafür hatte er sogar den Hut im Auto zurückgelassen.

Am Berghang gegenüber gingen in den Fenstern der Bauernhöfe Lichter an. Wenn das Wetter so trübe war, wurde man der früher hereinbrechenden Dunkelheit gewahr.

„Ohne Sie löse ich hier draußen keinen Fall, Frau Apollonia", sagte Patrick Sandor und strich mit der Rechten eine Haarsträhne aus der Stirn. „Ich nehme Sie mit nach Wien."

Gemächlich nahm Frau Apollonia ihren Stock, legte die Hände übereinander auf den Knauf und stützte darauf ihr Kinn. Den Blick ließ sie ruhig über das Tal schweifen und lächelte.

„Nein", sagte sie nach einer Weile, „dort kann man die Sterne nicht sehen."

Glossar

allerweil, allweil	*immer*
anspeiben, sich	*(auf sich selbst) erbrechen*
antragen, jemandem etwas	*jemandem etwas zu essen und zu trinken anbieten, auftischen*
aufbrechen; ein Stück (Wild) aufbrechen	*Jägersprache: ausweiden*
aufmandeln, sich	*wichtigtun*
ausfratscheln	*ausfragen*
Bamperletsch, der	*kleines Kind*
Beisl, das	*Kneipe*
bissel, ein	*ein wenig*
Boarischer, der	*Polka*
Buchteln, die (Pl.)	*böhmische Ofennudeln*
deppert	*blöd, dumm*
derstessen, sich	*sich erschlagen, verunfallen*
derweil	*inzwischen, einstweilen*
Dodel, der	*Dummkopf, Narr*
fad	*langweilig*
Falott, der	*Halunke, Unhold*
Freisen; die Freisen kriegen	*Angst bekommen, nervös werden*
fuchsig	*erbost, aufgebracht*
Gepenze, das	*Genörgel*
gescheit	*intelligent*
gestandenes	*bodenständig, ordentlich*
Gfrett, das	*Missgeschick*
giften, sich	*sich ärgern*
Glasln, die (Pl.)	*Gläser*
Graffelzeug, das	*Ramsch, Tand*
gschmackig	*reizvoll, geschmackvoll*
Gspusi, das	*Liebelei, Affäre*

Gugelhupf, der	*Napfkuchen*
Häferl, das	*Tasse*
Heikliche, der	*Schwieriger, Wählerischer*
Herumkrallen	*herumklettern, herumsteigen*
herumspintisieren	*wunderlichen, abwegigen Gedanken nachhängen*
herumwursteln	*ohne Plan oder Ziel arbeiten, hantieren*
Herzkasperl, der	*Herzinfarkt*
hopertatschig	*ungeschickt, kraftlos*
hübsch	*hübsch, im süddeutschen Raum auch: ziemlich*
Kredenz, die	*Anrichteschrank*
Kuchenbrösel, die (Pl.)	*Kuchenkrümel*
Lederne, die	*Lederhose*
Lerchene, der	*Lerchenschnaps*
Mehlspeise, die	*Süßspeise*
Mehlspeispackerl, das	*Säckchen mit Süßspeise*
Mensch, das	*junge weibliche Person*
Mischpoche, die	*Verwandtschaft, üble Gesellschaft*
narrisch	*verrückt*
Pallawatsch, der	*Durcheinander*
Patzerei, die	*Kleckerei*
pickig	*klebrig*
Pitzlerei, die	*mühsame Kleinarbeit*
plärren	*heulen, brüllen*
Polsterl, das	*kleines Kissen*
Powidl, der	*Pflaumenmus*
Powidl-Tascherln, die (Pl.)	*böhmische Mehlspeise*
Rebhendl, das	*Rebhuhn*
Saubär, der	*Eber*
Schaffeln, die (Pl.)	*Waschtröge*

Scheibtruhe, die	*Schubkarre*
scheppern	*klappern, klirren*
scheren, sich	*sich kümmern*
schiach	*hässlich*
Schlagerl, das	*Schlaganfall*
Schlagobers, das	*Schlagsahne*
schnäuzen, sich	*sich die Nase putzen*
Schnäuztuch, das	*Taschentuch*
Schnepfendreck, der	*selten gewordenes Gericht aus den Eingeweiden von Schnepfen (Vogelart) und deren Inhalt*
Schupfen, der	*Schuppen*
schupfen, die Schultern schupfen	*mit den Schultern zucken*
sekkieren	*quälen, belästigen*
Selberbrennte, der	*selbst gebrannter Schnaps*
Spaßetteln, die (Pl.)	*Scherze*
Speis, die	*Speiskammer*
Stamperl, das	*Schnapsglas*
Tafelspitz, der	*gekochtes Rindfleisch, österreichische Spezialität*
Trenzpatterl, das	*Lätzchen*
Tschick, die	*Zigarette*
urig	*urwüchsig, urtümlich*
verludert	*Jägersprache: verendet, nicht durch den Schuss gestorben, umgekommen, als Wildbret nicht mehr zu verwenden*
Viecherl, das	*kleines Tier*
Wedel, der	*ein ungehobelter, von sich eingenommener Mensch*

wengerl, ein	*ein wenig*
Zwetschke, die	*Pflaume*
Zwetschkenfleck, der	*Pflaumenkuchen*
zwider	*unausstehlich, garstig, unerträglich*